कभी-कभी ऐसे पल आते हैं जब शब्दों का अभाव हो जाता है,

और अनकहे शब्द सबसे ज़ोर से गूंजते हैं।

ब्रिजेंद्र कुमर सिंह

Mehviyat - Brijendra Kumar Singh

महवियत..

महवियत , जिसे शाब्दिक रूप से विचारों या तन्मयता के रूप में
अनुवादित किया जा सकता है,

जीवन, मुक्ति, घटनाओं, सूक्ष्म और जटिल मानवीय भावनाओं
और उनके बीच की उन अनेक छायाओं पर चिंतन है,

जो अक्सर नज़रअंदाज़, अनदेखी या असंसाधित रह जाती हैं।

कागज़ से कलम ने जब रुख़्सत ली..
इल्म हुआ..
न ही अल्फ़ाज़ मेरे थे.. न ही कहा अनकहा
जज़्बात मेरा था..

ये छंद मेरी यात्रा में विकसित हुए और मुझे समझने या अक्सर कागज़ और कीपैड
पर चुपचाप विस्मय व्यक्त करने के लिए प्रेरित करते थे,

क्योंकि बोले गए शब्द मिल नहीं पाते थे।

ये छंद मेरे दोस्त रहे हैं जब कोई पास नहीं था,

और मुझे उम्मीद है कि ये पाठकों के साथ अच्छे से गूंजेंगे और उन्हें ताकत देंगे,

या उनके भावनात्मक तार को झंकृत करेंगे।

Mehviyat - Brijendra Kumar Singh

महवियत..

उर्दू और हिंदी खूबसूरत भाषाएँ हैं

और इन दोनों का उपयोग करके जो भावनाओं की श्रृंखला
उकेरी जा सकती है,

वह शायद किसी अन्य माध्यम में मुश्किल हो।

मेहनत, मशक्कत, कारोबार और तक़सीम में
हिंदी और उर्दू का हाथ थोड़ा छूट सा गया..

उर्दू लिपि में अलग संस्करण जल्द ही प्रकाशित किया जाएगा।

विषयों के एक जटिल ताने-बाने के माध्यम से यात्रा,
जो दिल से गूंजती है,

जीवन की सूक्ष्मताओं, खुशियों, दुखों,
और हमारे सबसे गहरे क्षणों में पाई जाने वाली शांत ताकत
और कमज़ोरियों को प्रतिबिंबित करती है।

Mehviyat - Brijendra Kumar Singh

Mehviyat - Brijendra Kumar Singh

This book has been published with all efforts to make the material error free. However, the author does not assume and hereby disclaim any liability to any party for any loss , damage, or disruption caused by error or omissions from negligence, accident or any other cause.

The essence, emphasis and beauty of poetry is to capture emotions at times navigating and breaking through bureaucratic framework imposed by language.

Mehviyat - Brijendra Kumar Singh

हिन्दी संस्करण
आईएसबीएन:
पेपरबैक: 978-1-7638269-9-1

अंग्रेजी संस्करण
आईएसबीएन:

पेपरबैक: 978-1-7638269-1-5
हार्डकवर: 978-1-7638269-3-9

कविता का सार, जोर और सौंदर्य भावनाओं को कैद करने में निहित है, जो कभी-कभी भाषा द्वारा थोपे गए नौकरशाही ढांचे को तोड़ते हैं।

Mehviyat - Brijendra Kumar Singh

माँ और पिताजी के लिए

एतिराफ / आभार

यह पुस्तक उन शब्दों को समर्पित है जो अनकहे रह गए।

माता-पिता, भाई, परिवार और दोस्तों को विशेष धन्यवाद।

मैं तारा बुआजी, सिराज, गणेश, अमित मनचंदा, नीरज, प्रणव, पंकज सिंह, अंकित, आशीष जोशी, अंजलि, पायल, नितेश, प्रगति, श्रेया, राघव और मेरी प्यारी पत्नी भारती के प्रति आभारी हूँ। आपके प्रोत्साहन, मार्गदर्शन (और/या आग्रह) के बिना ये शब्द कागज पर नहीं उतर पाते।

सिराज शायद पहले व्यक्ति थे जिन्होंने प्रकाशन का सुझाव दिया और कई वर्षों तक अमित और गणेश के साथ इस मांग में काफी दृढ़ रहे।

गणेश और प्रगति ने अपनी पुस्तकें प्रकाशित करके रास्ता रोशन किया… और संपादन के दौरान मूल्यवान प्रतिक्रिया और समर्थन प्रदान किया।

Mehviyat - Brijendra Kumar Singh

Mehviyat - Brijendra Kumar Singh

साकी..

महवियत मेरी भारती के बिना संभव नहीं होता।

भारती ने न केवल इस किताब के लिए बल्कि जीवन और रोज़मर्रा के अनुभवों के लिए भी सकारात्मक और आलोचनात्मक समीक्षा प्रदान की।

आप जो पढ़ने जा रहे हैं, उसका अधिकांश हिस्सा हमारी बातचीत, एक ऐसे विश्व के लिए हैरानी जो विकसित हो रहा है या अपरिपक्व हो रहा है, और हँसी से उपजा है, और यह उनके द्वारा उन तरीकों से प्रेरित हुआ है जिन्हें मैं याद करने से ज्यादा गिन सकता हूँ।

Mehviyat - Brijendra Kumar Singh

फ़ेहरिस्त..

Mehviyat - Brijendra Kumar Singh

फ़ेहरिस्त..

महत्वियत

Mehviyat - Brijendra Kumar Singh

सौगात..
(Gift)

Mehviyat - Brijendra Kumar Singh

सौगात..

पहली नज़र में अजनबी...
मगर मुमकिन है वो...

मेरी कहानी का कोई नया
रुख लेकर आया है...

मेरे किरदार के जो सफ़हात
नाज़िम (निर्देशक/खुदा) ने
मुझसे छुपाए रखे थे...

वो दबे अल्फ़ाज़ में बताने आया है...

मेरी कहानी के नए किस्से... फलसफे...
मेरी ज़िंदगी के... आधे अधूरे...
सुरमई (स्लेटी)... सुनहरे...
लम्हात...

मुझसे बेखबर...
कभी बनते, कभी बिगड़ते हालात और जज़्बात।
नज़र से गुज़रता हर

जाना-अनजाना शख़्स
है खुदा की सौगात...

"Mehviyat - Brijendra Kumar Singh

सौगात..

मगर ये...

खुदा का भेजा मेरे लिए...

मेरे ही पैगाम...
साथ लाया है...

और कुछ नहीं तो मेरे तलफ्फुज़ दुरुस्त करने आया है...

मेरे खाली लम्हे और सफ़हात (पन्नों) को भरने...
या उनके कागज़ी खिलौने बनाने आया है...

पहली नज़र में बेसुध... बेखबर...

मेरे बारे में मुझे क्या-क्या बताने आया है...

मुझसे मेरी ही शिकायतें...

और कभी-कभार तारीफें करने आया है...

..

Mehviyat - Brijendra Kumar Singh

सौगात..

मयखाने के दौर से...
खुदा के दर तक

मेरी आवारगी को ले जाने आया है...

मेरे वादे जो मैंने खुद से तोड़ दिए थे...

मेरे साथ मेरे लिए निभाने आया है...

पहली नज़र में अजनबी...

खुदा की सौगात बनकर आया है...

Mehviyat - Brijendra Kumar Singh

सौगात..

Mehviyat - Brijendra Kumar Singh

ज़िंदगी...

(Life)

Mehviyat - Brijendra Kumar Singh

ज़िंदगी...

कभी तजवीज़ (राय/योजना) से नहीं चलती
हर दिन हर घड़ी हर पल बदलती...

ज़िंदगी...

दुआ इबादत दरखास्त... कभी सुनती...
कभी नज़रअंदाज़ करती

लम्हे में हमारी...
पल भर में बेगानी...

ज़िंदगी...
पल और लम्हों से बनती...
पर किसी पल के लिए भी नहीं रुकती...

सियासतघर... दरगाह... मंदिर... मस्जिद...
में खरीद-फरोख्त होती...

कभी पल पर बरसों जितनी भारी...
कभी बरसों तक एक पल सी हल्की...

Mehviyat - Brijendra Kumar Singh

ज़िंदगी...

कभी तजवीज़ (योजना) से नहीं चलती

मसरूफ लम्हों में आगे बढ़ती...
दरमियानी खाली लम्हों में ही कुछ अपनी सी रहती...

आदि... अंत... अनंत...
अधर के बीच कहीं... पल...
खयालों... मंसूबों... एहसासों...
इरादों...
के ताने-बाने के बीच
खुशी... उल्लास... गम...
उम्मीद... कामयाबी... नाकामी...

को बांधे... पल।

इनके ही ताने-बाने से बनती...
ज़िंदगी...
सांसों... औहदों... मीनारों...
दौलत और बरसों से नापी-तौली जाती...

Mehviyat - Brijendra Kumar Singh

ज़िंदगी...

इश्क की मियाद जितनी...

उतनी ही बस ज़िंदगी...

वक्त के मिज़ाज से बदलती...
अथक प्रयास के बाद भी अक्सर अडिग रहती...
तमाशबीन से तमाशा बनाती...

तमाशे के बीच-ओ-बीच...

मूक तमाशबीन बना जाती...

सियासत की बिसात की तरह बदलती...
रिश्तों और भावनाओं में उलझती...

सुलझाओ तो उलझ जाती...
कभी-कभार उलझाओ तो सुलझ जाती...

समेटो तो बिखर जाती...
बिखेरो तो धुआँ हो जाती...

Mehviyat - Brijendra Kumar Singh

ज़िंदगी...

मायने ढूंढो तो बेमानी लगती...

बेमानी बोलो तो हर कदम पर सबक देती...

खानाबदोशी और रिश्तों के बीच चलती-रुकती...

कभी तजवीज़ (योजना) से कहाँ चलती...

ज़िंदगी...

Mehviyat - Brijendra Kumar Singh

ज़िंदगी...

Mehviyat - Brijendra Kumar Singh

दस्तरख्वान

(Dining spread)

Mehviyat - Brijendra Kumar Singh

दस्तरख्वान..

दस्तरख्वान जब समेटा ..

इल्म हुआ कि न भूख मेरी थी..
न ही कोई भी मेरा खाया हुआ
निवाला मेरा था..

कागज़ से कलम ने जब रुख्सत ली..
न ही अल्फ़ाज़ मेरे थे..
न ही कहा अनकहा जज़्बात मेरा था..

शब्दों के कुछ उलट-फेर में..
छोटी बड़ी..
गुफ्तगू में..
शायद बस कहीं कोई टूटा-फूटा नुक्ता..

या एक आधा अल्फ़ाज़ मेरा था..

जब मेरी जिरह (तर्क) ख़त्म हुई..
न ही तकरीर (भाषण) मेरी थी..
न तहरीर (रचना) मेरी थी..

Mehviyat - Brijendra Kumar Singh

दस्तरख्वान..

एहसास का कुछ आभास मेरा था..

पर अक्सर अपने एहसास में

मैं..

थोड़ा ही था..

जिस्म मेरा था..
तुम्हारी नज़रों ने जो देखा..
न वो कद (ऊँचाई) मेरा था..
न रंग मेरा था..

जानमाज़ (नमाज़ की चटाई) जब समेटा..
न दुआ मेरी थी..
न ख़ुदा ही कभी मेरा था..

अपनी ख़ुद की बनाई इल्म.. अना (अहंकार) की..
शख़्सियत में..

शायद कोई डेढ़ ईंट का कोना मेरा था..

Mehviyat - Brijendra Kumar Singh

दस्तरख्वान..

जब दिन को अलविदा कहा..
बस शाम का एक आधा लम्हा..

कहने को मेरा अपना था..

कदम मेरे थे.. मंज़िल मेरी थी..

मगर रास्ता..

मंज़िल के करीब..
पीछे मुड़ के देखा तो जाना..

कदमों के निशान मेरे थे..
कदम न मालूम किसके थे..

लंबे रास्ते पर कुछ खोया..
रह गया था जो

.. कभी कहने को मेरा था..

Mehviyat - Brijendra Kumar Singh

दस्तरख्वान..

Mehviyat - Brijendra Kumar Singh

दस्तरख़्वान..

मेरा ख़ुद का मंज़िल तक जो पहुँच पाया..

वो कितना ही मेरा था..

Mehviyat - Brijendra Kumar Singh

दस्तरख्वान..

Mehviyāt - Brijendra Kumar Singh

Mehviyat - Brijendra Kumar Singh

रिहाई

(Liberation)

Mehviyat - Brijendra Kumar Singh

रिहाई ..

चार दिन की रिहाई में हूँ...
कुछ फुर्सत में हूँ...

इस वक्त...

न ही खुदा का हूँ...
न ही काफिर हूँ...

न काबा की तरफ इबादत में हूँ...
न पूरब में सूरज को ढूंढे हूँ...

चार दिन का अपना हूँ...
चार दिन कैद से रिहाई में हूँ...

चार दिन..रोज़-रोज़ की बज़कशी से दूर...
दो घड़ी का ही सही...

अपना हूँ...

वक्त का मोहताज नहीं हूँ.....

Mehriyat - Brijendra Kumar Singh

रिहाई ..

बज़कशी - मध्य एशिया में पारंपरिक और खतरनाक खानाबदोश खेल .. किसी बड़े आधुनिक महानगर में व्यस्ततम समय के दौरान उन्मादी भीड़ से बहुत अलग नहीं।

Mehviyat - Brijendra Kumar Singh

रिहाई ..

न मालिक हूँ... न गुलाम हूँ...
न ही रह-रह कर आता आधा-अधूरा खयाल हूँ...

फुर्सत में हूँ...
अपने वक्त में... मैं अपना हूँ...

अपने इख्तियार में हूँ...
अपने जिस्म और रूह का
किरायेदार नहीं...
मालिकमकान हूँ...

फुर्सत का हूँ...
फुर्सत में हूँ...

घड़ी के टिक-टिकी फरमान से आज़ाद ...
अपने वक्त की खरीद-ओ-फरोख्त से दूर...

काफी दूर...

अपनी रूह की पनाह में हूँ...

Mehviyat - Brijendra Kumar Singh

रिहाई ..

Mehviyat - Brijendra Kumar Singh

रिहाई ..

लम्हों में हूँ...
लम्हात का हूँ...

कुछ खुद में खो रहा हूँ...
कुछ खुद को ढूंढ रहा हूँ...

न इबादत में हूँ...
न बंदगी में हूँ...
न चर्चित हूँ...

न चर्चा में हूँ...

थोड़ा खोकर... खुद को ढूंढ रहा हूँ...

या जो थोड़ा मैं खुद को खो चुका था...
लम्हे के लिए ही सही...

खुद को मिल रहा हूँ...

Mehviyat - Brijendra Kumar Singh

रिहाई ..

खयालों की उधेड़बुन से रिहा...
खुद एक खयाल हूँ...

अपनी और दूसरों की कहानी में मैं...
अपने किरदार से कुछ वक्त के लिए मुख्तलिफ़. हूँ...

साकी का हूँ...
साकी के साथ...

फरार...

मयखाने के शोर-ओ-गुल से बेपरवाह...
न काफिर हूँ...
न खुदा का हूँ...

चंद रुपयों के लिए खुद का जो बेच चुका था...

चंद रोज़ लेकर...

उसको खरीदने की खोज
में हूँ...

Mehviyat - Brijendra Kumar Singh

रिहाई ..

चार दिन की रिहाई में...

साकी के साथ हूँ...

अपना हूँ...

Mehviyat - Brijendra Kumar Singh

रिहाई ..

Mehviyat - Brijendra Kumar Singh

सच

(Truth)

Mehviyat - Brijendra Kumar Singh

सच..

एक रोज़ अज्ञात अनदेखा सच राह में मिल गया।

चाल ढाल कुछ जाने पहचाने,
अपने सच से नहीं मिली..

अंजान सच से सोच का पैमाना डगमगा सा गया।
सच से अक्सर समाज
विचलित ही रहा।
अंजान सच से परिचित सच का
तर्क चला।

अंजान सच...
अज्ञात चेहरा लिए,
अनदेखी वेश भूषा, अलग मजहब,
जात, रंग, वर्ग,
जिन्स (लिंग) का सच।

मुमकिन है नज़रिए को बहुत भारी लगा,
और शायद नज़र को बहुत छोटा दिखा।

Mehviyat - Brijendra Kumar Singh

सच..

Mehviyat - Brijendra Kumar Singh

सच..

अंजान अज्ञात,

अलग पैरहन *(लिबास)* में लिपटा सच...

हमारी तुम्हारी महदूद *(सीमित)*
रोशन खयाली से

झूठ सा लगा।

अंजान सच से परिचित सच का
तर्क बढ़ गया।

अंजान अज्ञात सच...

सच को हमने झूठ कहा।

Mehviyat - Brijendra Kumar Singh

सच..

सारे झूठ के फरमाबरदार,

अपने मतलब का सच पकड़
नज़र और ज़मीर पर पर्दा डाले।
बेमतलब के सच को
झूठ साबित करने में मशरूफ हो चले।

दोगलापन का पाक दामन पकड़ हम,
किसी खुदा, किसी ईश,
या फिर किसी पीर फकीर,
किसी का भी नाम बार-बार जपते रहे।

सच-झूठ को
कहीं सुनी,
मनघटंत बातों से परखने लगे।
एहसास, जज़्बात, सोच पर
सच की दस्तक को

अनसुना करते रहे।

Mehviyat - Brijendra Kumar Singh

सच..

बे-आवाज़ सच अपनी पहरावी करने,

बेपरवाह सवाल ले आया।

सवाल का लिबास नापा गया।

लंबे घूंघट, हिजाब
में रहने का
फतवा हुआ।

परंपरा का हवाला दिया गया।

सवाल की खुराक बांधी गई,

साकी के घर पर अदालत रही।

Mehviyat - Brijendra Kumar Singh

सच..

Mehviyat - Brijendra Kumar Singh

सच..

किसी वेद,
कोई पुराण, कोई हदीस

के पीछे सवाल को दबाया,
छुपाया गया,
गर्भ में गला घोंटा गया।

सवाल की जात पूछी गई,
सवाल का मुल्क,
मजहब पूछा गया।
सवाल के माज़ी (अतीत) ढूंढे गए,
अफवाह के छींटें डाले गए।

हर बेपरवाह सवाल को
साज़िश करार किया गया।
बस जवाब नहीं दिया,
लंबे-लंबे फरमानों और
बड़ी-बड़ी अदालतों में सवाल

रुसवा हुआ।

Mehviyat - Brijendra Kumar Singh

सच..

अज्ञात अंजान सच को
झूठ साबित करने के लिए
मुवासलात (मीडिया) के
झूठे पैगंबर खड़े किए गए।

सच के फरमाबरदार,
छोटे-बड़े नायाब रूपहले पर्दों पर
पैगंबर बन सबके मतलब का आधा-अधूरा
कटा-छटा सच
बेचते रहे।

झूठे सच के महल, मीनार, मंदिर बनते रहे,
बेमतलब के सच

सुना-अनसुना,

देखा-अनदेखा हम करते रहे।

Mehviyat - Brijendra Kumar Singh

सच..

Mehviyat - Brijendra Kumar Singh

सच..

जागरण, आज़ान के शोर-ओ-गुल में,

मंदिर, मस्जिद, गिरजा
के बाहर भीख मांगते,

बेमतलब के सच रौंदे गए,

नज़रअंदाज़ किए गए।

हम सबने अपने-अपने छोटे झूठ को
सच मानकर पाला है।

कमज़ोर बालकों को योद्धा,

वीरांगनाओं को चूल्हे से बांधा है।

Mehviyat - Brijendra Kumar Singh

सच..

Mehviyat - Brijendra Kumar Singh

सच..

संस्कृति का काला चोला डाल,
ना जाने कितने सपनों को
गर्भ में मारा है।

दोगलापन का पाक दामन पकड़ हम,

किसी खुदा,
किसी ईश,

या फिर किसी पीर फकीर,

किसी का भी नाम बार-बार जपते रहे।

हम सच परखने निकले भी तो मालूम पड़ा

एक नहीं,

एक से ज्यादा सच थे वहां।

Mehviyat - Brijendra Kumar Singh

सच..

Mehviyat - Brijendra Kumar Singh

सच..

एक सच वो जिसका पैगंबर ने वादा किया था,

एक और पैगंबर वही से खुदा से मिलने गया था,

एक और सच को सूली पर वही कहीं चढ़ाया गया था।

खुदा में मानो और

खुदा की मानो तो सब सच थे।

धर्म में खुदा को बांट दो तो

सबके बस अपने-अपने मतलब के सच थे।

Mehviyat - Brijendra Kumar Singh

सच..

Mehviyat - Brijendra Kumar Singh

Mehriyat - Brijendra Kumar Singh

भीड़ ..

(Mob)

भीड़ ..

मैं भीड़ (भीड़/जनसमूह) का हिस्सा नहीं हूँ..

भीड़ का जन्मा हूँ मैं..
भीड़ में पनपा हुआ..

भीड़ में गिरता रहा हूँ...
भीड़ से कभी-कभार संभला हूँ..
नतमस्तक हूँ मैं.. निर्विचार हूँ..
मगर भीड़ का हिस्सा नहीं हूँ..

इस भीड़ में मैं नहीं हूँ..
भीड़ से दूर काफ़ी दूर..
है भीड़ का आका कहीं..
भीड़ का जन्मदाता वही..
आरंभ अगर नहीं.. तो भीड़ का अस्तित्व वही..
मगर मेरा आका वो नहीं..

नतमस्तक हूँ..
निर्विचार हूँ..
पर इस भीड़ के धूमिल विचार में शामिल नहीं हूँ..

Mehviyat - Brijendra Kumar Singh

भीड़ ..

भीड़ का जन्मा हूँ.. भीड़ का हिस्सा रहा हूँ..
भीड़ का कर्ज़दार नहीं हूँ..
इस भीड़ के अनेकों नाम हैं..

अनगिनत धर्म, जाति, संप्रदायों में बटे इंसान...
शिया-सुन्नी.. ठाकुर.. कुर्मी..
बड़ी भीड़ में लड़ते..

छोटे-बड़े हुक्मरान कई..
इस भीड़ के हैं पैगंबर..
मगर इस भीड़ का कोई ख़ुदा नहीं..

इस भीड़ की हैं चंद किताबें
मगर ज्ञान नहीं..

भीड़ का धर्म है..
पर भीड़ धार्मिक नहीं..

ये भीड़ है एक मंज़र..
मगर सुखद नहीं..

Mehviyat - Brijendra Kumar Singh

भीड़ ..

भीड़ में कभी भी कोई इंसान नहीं..
भीड़ है मरुस्थल (रेगिस्तान)..

बुद्ध का रोशन ख़याल नहीं..

भीड़ बनी है मज़हब के नाम पर..
इस भीड़ का कोई मज़हब नहीं..

भीड़ की है परंपरा रही..

काज़ी-पंडित.. या कोई और नाम सही..
जागीरदारी मेरे व्यवहार-विचार पर

भीड़ की मानो तो इनकी ही रही..

सीता-राम के साथ नहीं..
भीड़ ने माना तो राम की भी कहाँ चली..

मैं इस भीड़ का नहीं..

Mehviyat - Brijendra Kumar Singh

भीड़ ..

मैं इस भीड़ का नहीं..
मैं इस भीड़ का नहीं..

ना फतवे पर काफिर का दुश्मन कोई..

ना आवाहन पर मैंने
अपनी इंसानियत कम करी..

. ..

Mehviyat - Brijendra Kumar Singh

भीड़ ..

इस भीड़ से आया हूँ..

मगर भीड़ का नहीं..

नतमस्तक हूँ मैं..

निर्विचार नहीं..

Mehviyat - Brijendra Kumar Singh

भीड़ ..

Mehviyat - Brijendra Kumar Singh

Mehviyat - Brijendra Kumar Singh

दीवारें...

(Walls)

Mehriyat - Brijendra Kumar Singh

दीवारें...

दीवारें...

बस दीवारें बनाने में मशरूफ हैं...

घर और नज़रिए को छोटी छत और
चार दीवारों में बांधने में लगा सब का जुनून है...

इन दीवारों के बाहर साज़िश का डर है...
दीवार के अंदर अपने-अपने सुकून का मंज़र है...

हर दीवार मानो एक सरहद है...
बड़ी दीवारें ख़ला (अंतरिक्ष) से भी दिखती हैं...

छोटी दीवारें बस समझ और ज़हन को चुभती हैं...
इन दीवारों के ऊपर खुदपरस्ती (नार्सिसिज़म)
की क़ातिल तार

और झूठे घमंड के टूटे शीशे (टूटा हुआ शीशा/दर्पण) हैं...

Mehviyat - Brijendra Kumar Singh

दीवारें...

सुकून… साक़ी… ख़ुदा…
सब अपनी-अपनी दीवारों के अंदर हैं…

ख़ुदा… साक़ी… सुकून को अगवा कर
अपनी चार दीवारों में बंधक बनाना

हम सब का मक़सद है…

मिट्टी की दीवार से संगमरमर की दीवार तक
के सफ़र में इंसानी की तक़दीर का रास्ता जज़्ब है…

पत्थर… संगमरमर… रिवाज़… या फिर सोच…
किसी भी दीवार को तोड़ने की सख़्त मनाही है…

मिट्टी की दीवार… नज़रअंदाज़… बरबाद करना…
रिवाज़…
पत्थर और संगमरमर की दीवार वालों
का शौकिया करतब है…

Mehviyat - Brijendra Kumar Singh

दीवारें...

हमारी ख़ुद की शख़्सियत की इमारत हमने तुमने
कितनी कच्ची रूढ़िवादी दीवारों से बनाई है...

इन कच्ची दीवारों के कोने को पकड़ सबने
अपनी शख़्सियत की पहचान बनाई है...
इन्हीं कच्ची दीवारों की बुनियाद में हमने

कहीं ख़ुदा...
कहीं ईश...
की बैठक बनाई है...

पर ख़ुदा के घर की दीवार मंदिर के दर से लगाने पर
सख़्त पाबंदी लगाई है...

ख़ुदा और ईश कहीं दीवार की मुंडेर पर गुफ़्तगू कर
सब बेनक़ाब ना कर दे...

शायद यही तिलक और टोपी का सांझा डर है...

.

Mehviyat - Brijendra Kumar Singh

दीवारें...

Mehviyat - Brijendra Kumar Singh

दीवारें...

ईंट से ईंट जोड़ के बनता घर और मुक़द्दर है...
दीवारें बना कर मोहल्लों में ये घर बांटे जाते हैं...
दीवारें बना कर मुक़द्दर के दायरे बांधे जाते हैं...

दीवारें...

बस दीवारें बनाने में मशरूफ हैं...

दीवारें बन गईं तो शिखर...
मीनार बनाने में पंडित और मौलवी मगरूर हैं...

कोई सरमायादार (पूंजीवादी) हुआ तो
बुर्ज बनाना उसका लाज़मी उसूल है...

मज़हब की दीवारें...
इंसानियत...
इबादत...

के अलग-अलग मोहल्ले बना रही हैं...

Mehviyat - Brijendra Kumar Singh

दीवारें...

फिर अज़ान या जागरण कर ज़िंदगी

पर मशरूफियत का नक़ाब डाल देना...
आसान भूल है...

मंदिर की भी चार दीवारें...
मस्जिद की भी चार दीवारी...

मूर्त बैठी तो दीवारें केसरिया... भगवा... में रंगी सारी...
ना बैठी तो हरे या सफ़ेद रंग की आई बारी...

दीवारें...
बस दीवारें बनाने में मशरूफ हैं...

छोटी छत और छोटी सोच के दायरे में

बंटी इंसानियत मशरूफ है...

Mehviyat - Brijendra Kumar Singh

दीवारें...

अपनी केसरिया या अपनी हरी दीवारों के बाहर
सब साज़िश का मंज़र है...

हरी और केसरिया दीवारों के अंदर ही ख़ुदा...
या फिर ईश का घर है...

दीवारें... मज़हब की पार करना मानो एक समंदर है...
इन दीवारों के अंदर भी और दीवारों के भंवर हैं...

मंदिर के अंदर भी बड़े छोटे देवता के
अलग-अलग घर हैं...

मज़हब में कोई शिया है तो कहीं सुन्नी हैं...

धर्म में ब्राह्मण...
ठाकुर...
कुर्मी हैं...

Mehviyat – Brijendra Kumar Singh

दीवारें...

मिट्टी की दीवार से संगमरमर की दीवार तक...
ना जाने कितने और ऐसे भंवर हैं...

संगमरमर पर हक़ जताते ब्राह्मण...
सय्यद... सरमायादार... बाकी सब के छोटे बड़े...
निज़ामी मरकज़ हैं...

इंसानों के मज़हब छोड़ो...
हमने बनाए दीवारों के मज़हब हैं

... ईंट पत्थर... दीवार के मज़हब तोड़ कर...
जोड़ कर... बदलना...
शायद यही सियासी मक़सद है...

कामयाबी की पहचान भी हमने
अपने इर्द-गिर्द बनी दीवारों से बना ली है...

शीशे की दीवार तोड़ने में...

ख़ुद के अंदर कितनी दीवारें बन रही हैं...

Mehviyat - Brijendra Kumar Singh

दीवारें...

Mehviyat - Brijendra Kumar Singh

दीवारें...

अपनी दीवार के बाहर सब साज़िश...

अपनी दीवारों के अंदर ही सब रौनक़ है...
रीत रिवाज़ त्योहार...

इन दीवारों के बीच उठते गिरते शामियाने हैं...

मुल्क... मज़हब... समझते थे कभी...
बस कच्ची पक्की...
ऊंची नीची... दीवारें हैं...

दीवारों के बीच गलियारे हैं...

इन गलियारों के बीच ही कहीं...

सक़ाफ़त... तहज़ीब...

संस्कार के बनते बिगड़ते मरकज़ (केंद्र) हैं...

Mehviyat - Brijendra Kumar Singh

दीवारें...

और गर कभी वक़्त बेवक़्त ये तहज़ीब...

सभ्यता बरबाद हुई...
तो कहीं रेत में दबी...
मिली बस दीवारें हैं...

शिवालय... मस्जिद... शख़्सियत...
ख़ाली हैं...
मिली...

बस मिट्टी की दीवार में दबी...

पत्थर संगमरमर की...

ख़ाली दीवारें हैं...

Mehviyat - Brijendra Kumar Singh

दीवारें...

Mehviyat - Brijendra Kumar Singh

कहानी ..
(Story)

कहानी ..

ना अपनी कहानी के.. ना ही किरदार के हुए..
अमूमन हम सब बस..

उठते-गिरते बाज़ार या व्यवहार के हुए..

ना मिट्टी.. ना दरख्त.. ना शाख के..
ना नमाज़.. ना इबादत.. ना ध्यान..

ना पूरे ही जागे रहे..
ना शाम सुकून के दो पल के हुए..

ना रातों को आरामगाह के..
ना अपनी कहानी के..
ना ही किरदार के हुए..

ना किताब के हुए..
ना मैदान के रहे..

..

Mehviyat - Brijendra Kumar Singh

कहानी..

ना दिलेर हुए.. ना धीर धरे..
ना सरहद के हुए..
ना अपनी ही हद के रहे..
हवाओं का रुख जहां का रहा..
उसी राह पर खिज़ां के पत्ते (पतझड़ के पत्ते) बन..
सब बिखरे रहे..
कागज़ी तमगों के हुए हम सब..
कागज़ का धन...
कागज़ी किताबी ज्ञान के ही रहे..
थोड़ा ईमानदार...

... थोड़ी बेईमानी के बीच..

अपनी कहानी में अपनी ही खरीद-फरोख्त करते रहे..
खुद से थोड़ा ईमानदार..

ज़्यादा बेईमान दिन-ब-दिन होते गए..
अपनी कहानी से भागे रहे..
अपने किरदार से बचते-बचाते..

Mehviyat - Brijendra Kumar Singh

कहानी ..

मशरूफियत में डूबे रहे..
ख्वाब में खोए रहे..

या फिर शिद्दत और जाम में डूब
कहानी को भूलते रहे..
अपनी कहानी में किसी और की कहानी जीते..
मरते रहे..

लम्हे पकड़ कर बरस काटे रहे..
या बरस बिता कर चंद लम्हे चुनते मिले..
अपनी कहानी में अक्सर..

हमारे अपने किरदार कितने कम रहे..
ज्यादातन खानाबदोशी को ही
अपनी कहानी बताते रहे..

अपनी कहानी में अजनबी लोगों को तलाशते रहे..
और
अपनी कहानी में अपनों को अजनबी करते रहे..

"Mehviyat - Brijendra Kumar Singh

कहानी..

Mehviyat - Brijendra Kumar Singh

कहानी ..

अपनी ही कहानी के तमाशबीन हम सब..

ख़ुदा से इल्तिजा कहानी बदलने की करते रहे..
साक़ी से गिला अपने और दूसरों के किरदार की करते..

ख़ुदा से साक़ी की शिकायत..

साक़ी को ख़ुदा की तौहमत देते रहे...
ना ख़ुदा के दर को अपना सके..
ना ही साक़ी का घर आबाद कर सके..

मस्जिद और मयखाने के बीच..
कहानी की गुहार लगा..
किरदार बदलते रहे..
ना ही पूरे मुसलमान हुए..
ना पूरे काफिर रहे..
अमूमन सब एक अलग कहानी की दुआ करते रहे...
मंज़र कोई और बुनते रहे..
अपना किरदार कुछ और सोचे रहे..

Mehviyat - Brijendra Kumar Singh

कहानी ..

जन्नत और स्वर्ग की दुआ से ही..

मंदिर-मस्जिद में भीड़ लगा
ख़ुदा के कान भरते रहे..

ना अपने रहे.. ना ही पराए हुए..
अपनी ही घर.. अपनी ही ज़िंदगी..
अपनी ही कहानी..

..अपने ही किरदार..
में हम खानाबदोश रहे..
मुल्क बदले..

ज़ुबान बदले..
..साथी.. किरदार बदले.. किस्से बदले..
साक़ी बदले.. जाम बदले.. फलसफे बदले
..अल्फाज़ अंदाज़ बदले..
शायद ख़ुदा भी बदले.. शायद सोच..
पर कहानी..

Mehviyat - Brijendra Kumar Singh

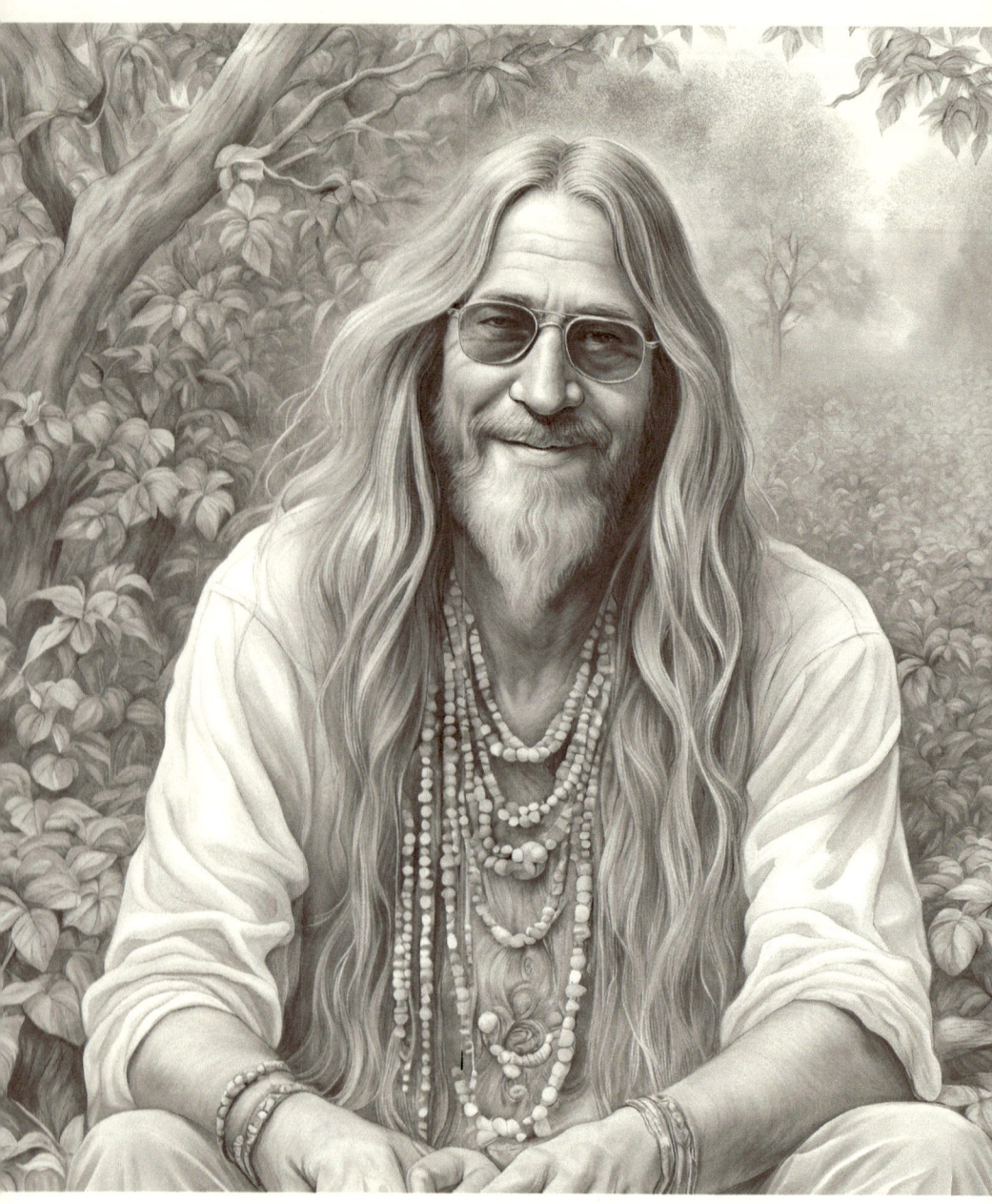

कहानी*i* ..

Mehriyat - Brijendra Kumar Singh

कहानी ..

सब मंज़र और नकाब बदल कर भी..

कुछ थोड़ा बहुत बदल सके..
..कहानी ना बदल सके..

अपनी कहानी बदलने की जद्दोजहद में हम..
इबादत के..
कारोबार के..

साक़ी के.. जाम के.. जलूस के हुए...
पर हम..

ना ही कहानी के रहे..
ना किरदार के रहे..

Mehviyat - Brijendra Kumar Singh

Mehviyat - Brijendra Kumar Singh

Mehviyāt - Brijendra Kumar Singh

एहसास..

(Emotion)

एहसास..

खो जाता है..छुप जाता है..
एहसास है ना..

अपनों में बातें तो ही साँसें ले पाता है..
गैरों के करीब कहीं गया..

सिसकी बन जाता है।
शब्दों में ढलते ढलते बिखर जाता है..
पलकों तक आते आते
पानी हो जाता है..

भीड़ में अगर पनपा..
करुणा.. या क्रोध बन जाता है..

या फिर कोई दबी सहमी आवाज़ बन..
अनसुना अनदेखा रह जाता है

कभी कभार यूं ही मिल भी जाता है..
बचपन के चेहरों में खिलखिलाता..

Mehviyat - Brijendra Kumar Singh

एहसास..

Mehviyat - Brijendra Kumar Singh

एहसास..

उम्र के फासले पार करता..

एहसास भुला दिया जाता है..
कभी कभार

उम्र दराज़ पथरीली आँखों के पीछे
भी किसी गैर हिफाज़ती लम्हे में..

साकी या खुदा के रूबरू...
जाम और अज़ान के कहीं बीचों बीच..
एहसास छलक जाता है..

गर एहसास - एहसास को पहचान ले
तो रिश्ता कायम हो जाता है..
नज़रअंदाज़ हुआ
तो अजनबी रह जाता है..

पहचान कर के भुला दिया..
तो कहर ढा जाता है..

Mehviyat - Brijendra Kumar Singh

एहसास..

एहसास कम रहा ..

तो अधूरा रह जाता है..
ज्यादा हुआ..
तो अधूरा कर जाता है..

शायद इसलिए..

एहसास..

आमूमन छुपाया जाता है..
झूटी सच्ची..
भारी भरकम
शख़्सियत के नकाब में ..

रोज़ की दौड़ भाग में
रौंदा कुचला जाता है..

..

Mehviyat - Brijendra Kumar Singh

एहसास..

कभी अरमानों के नाम पर
भुलाया जाता है..

कभी मजबूरियों में.. एहसास को..
समझाया.. बदला.. दबाया..
या फिर बेचा..जाता है..

एहसास..
अपने तक..

अपनों में ही रहे तो साँस ले पाता है..
गैरों को पता चले तो मज़ाक हो जाता है..
खुद का हुआ तो खास..

और किसी का हुआ.. तो चर्चा बन जाता है..

एहसास
इबादत से जा मिले तो मज़हब बन जाता है..

ना खुदा हो गया तो नफरत हो जाता है....

Mehviyat - Brijendra Kumar Singh

एहसास..

सियासत का ज़हर घुल गया

तो फसाद करा..
खुदा और इंसानियत
दोनों को बेघर कर जाता है..

एहसास..
रूह का सुराख़ (होल) हो गया..

तो क्या क्या करवाता है..

इज़हार इंकार के बीच कहीं..

एहसास..
मरता मराता है..

Mehviyat - Brijendra Kumar Singh

एहसास..

...कभी दुनिया से जोड़ता..
कभी तोड़ता जाता है...

आँखों में कभी दिखता..
हाव भाव में छिपता छिपाता है..
दुनियादारी में..

बेचा खरीदा जाता है..
एहसास..

पल भर के लिए कभी...
कहीं मिलता है..
पल भर में फिर खो जाता है..

किसी किसी पल में ज़माने
और वक़्त पर भारी पड़ जाता है..

पर अक्सर वक़्त और ज़माना
एहसास को दबा जाता है..

Mehviyat - Brijendra Kumar Singh

एहसास..

पल भर में फिर वो
एहसास खो जाता है..

एहसास..
राह गर भूल गए तो रास्ते भी बनाता है..

महसूस करो तो
मुश्किल राह आसान करता है..

एहसास..
मुझको मैं..
तुमको तुम..
हमको हम..
बनाता है..

ना मालूम ये एहसास..
चर्चा बनता है..

या साँसें ले पाता है।

Mehviyat - Brijendra Kumar Singh

एहसास..

Mehviyat - Brijendra Kumar Singh

Mehviyat - Brijendra Kumar Singh

तकल्लुफ़

(Formality)

Mehviyat - Brijendra Kumar Singh

तकल्लुफ़ :

तकल्लुफ़ की सकरी गली से शुरू ..

रोज़ दर रोज़ की खुशामदीद..

दुआ सलाम इबादत से गुज़र
साँझी आवारगी..
गोश्तखोरी..
खानाबदोशगी..

तमाशागाह में क़हक़हे लगा ..
बेतकल्लुफ़ी के दौर से हो कर..
साक़ी के साये में थोड़ा मदहोश बेधाक ..
निवाले की दौड़ में अलग अलग राह लिए..
अधूरा होकर..

अब फिर टकल्लुफ की सकरी गली में खड़े ..
हम तुम ...

फिर अपनी पहचान ढूंढते हैं..

..

Mehviyat - Brijendra Kumar Singh

तकल्लुफ़..

Mehviyat - Brijendra Kumar Singh

Mehviyat - Brijendra Kumar Singh

मसरूफियत . .

(Busyness)

Mehviyat - Brijendra KumarSingh

मसरूफियत ..

मसरूफियत के बहाने को

नाम दे चुके हैं ज़िंदगी..

कभी जो फुरसत की ज़िंदगी कहीं मिली ..
तो बेकार..
बेरोज़गार ही कहलाई गई..

भाग दौड़ में रही तो इस्तकबाल के काबिल बनी..
चंद रोटियों की गुलाम
दो वक़्त की ज़िंदगी..

भाग दौड़ में
फुरसत के दो निवाले भी ना खा सकी..

दो वक़्त को जो आज़ाद हुई तो..

मयखानों में
डगमगाती लडख़ड़ाती मिली ..

Mehviyat - Brijendra Kumar Singh

मसरूफियत ..

फुरसत में दो जाम जो ना पकड़ सकी
तो घबराने लगी..

मसरूफियत की ज़िंदगी
खुद के अकेलेपन में बेज़ार लगती रही

सुबह से शाम तो
मसरूफियत में कट गई..

रातें
मसरूफियत के मंसूबे बनाने में काली हुई

मसरूफियत के बहाने को ..

नाम दे चुके हैं ज़िंदगी..

..

Mehviyat - Brijendra Kumar Singh

मसरूफियत ..

घड़ी दो घड़ी की इबादत भी हमने..
तौर तरीकों..

रूहानियत नहीं ..
रिवायती मसरूफियत में निकाल दी..
खुदा से भी अक्सर हमने..

मसरूफियत की ही दुआ की..

मसरूफियत की ही इबादत हुई..

रिवायती तौर तरीकों की मसरूफी ज़िंदगी..
ज्यादातन बेमानी मसरूफियत से..
खोखली हो रही ज़िंदगी..

Mehviyat - Brijendra Kumar Singh

मसरूफियत ..

Mehviyat - Brijendra Kumar Singh

शिकस्त . .

(Loss / Defeat)

Mehviyat - Brijendra Kumar Singh

शिकस्त ..

थोड़ा बहुत शिकस्त खा कर ही समझ आती है..
ज़िंदगी..

तू हार हो या जीत दोनों में तरसाती है...

पास होकर दूर से गुज़र जाती है..
दूर हो तो पास बुलाती है..

कभी शब्दों में उलझती है..
अक्सर उलझन को शब्द दे जाती है..

तर्जुमा करो तो बदल जाती है..
ना करो तो हमें भूल जाती है..

ऐ ज़िंदगी...
तू हार हो या जीत..

सबके कंधे घुटने झुकाती है..

Mehriyat - Brijendra Kumar Singh

शिकस्त ..

Mehviyat - Brijendra Kumar Singh

शिकस्त . .

दिल में बसाओ तो दिमाग़ पे चढ़ जाती है..

गर इबादत करो तो काफ़िर बनाती है..

ऐ ज़िंदगी तू ता उम्र ..

अक्सर समझ नहीं आती है।

Mehviyat - Brijendra Kumar Singh

शिकस्त . .

Mehviyat - Brijendra Kumar Singh

बातें

(Conversations)

Mehviyat - Brijendra Kumar Singh

बातें ..

खुद से आजकल बातें कम होने लगी हैं..

रहता तो हूँ मैं अपने ही इर्द गिर्द ..
मगर मेरी खुद से मुलाकातें कम हो रही हैं..

ज़िंदगी ..
मुझ पर मुझसे ज्यादा इख्तियार बना चुकी है..

बचपन में मेरी जो थी पहचान..
जवानी में धूमिल हुई..
अब कहीं खो सी रही है..

लोग कहते हैं कि शख्सियत निखर के आ रही है..
पर मेरी नज़रों में..
दुनियादारी का पहनावा
मेरी रूह पे भारी पड़ने लगा है..
नौ से पाँच के सौदे की बात हुई थी..

दो घड़ी खुद के लिए निकालने में..
मुश्किल आन पड़ी है..

Mehviyat - Brijendra Kumar Singh

बातें ..

खुद से आजकल बातें कम होने लगी हैं

दोस्तों का क्या ही बताऊँ..
मेरी खुद से दोस्ती कुछ कम सी हो गई है..

ना मालूम किस मोड़ पर मेरी गैरत
दूसरी राह ले गई..

वापस भी गर जाऊँ..
मुमकिन है मुझसे नाराज़ वो..

मेरे इंतज़ार में रुकी नहीं है..
खुद से आजकल बातें कम होने लगी हैं..

रहता तो हूँ मैं अपने ही इर्द गिर्द ..

मगर मेरी खुद से दूरी बढ़ती जा रही है..

.

Mehviyat - Brijendra Kumar Singh

बातें ..

Mehviyat - Brijendra Kumar Singh

बातें ..

Note : Baatein was written during pandemic..

Mehviyat - Brijendra Kumar Singh

किरदार..

(Character)

Mehviyat - Brijendra Kumar Singh

किरदार..

कहानी अमूमन किरदार पर भारी पड़ी..

किरदार अक्सर भारी कहानी के होकर भी ..
अधूरे रह गए ..

कभी ज़िंदगी को हम ..
कहानी के नाम पर टाले रहे..

कभी कहानी को ज़िंदगी के लिए
रोके..
भूलते रहे..

अक्सर हम अपनी ही कहानी से बेखबर..
ज़िंदगी जी गए..

कहानी के ईमानदार होकर
बसीरत हुई तो..
एक से ज़्यादा ज़िंदगी जी गए..

Mehviyat - Brijendra Kumar Singh

किरदार..

कभी कभार ही
अपने किरदार को ज़िंदगी में ढूंढा करे..

पर अक्सर हम अपनी कहानी को ज़िंदगी से..
रोज़ रोज़ की भाग दौड़ से..

मिटाने में लगे रहे..

किरदार.. शख्सियत.. कहानी..
ज़िंदगी..
कब अलग हो गए ..

शख्सियत को किरदार से
अलहदा करना कब फलसफा बन गया..

शख्सियत खुद को बुलंद करने में
ज़िंदगी में झुकने से रही..

Mehviyat - Brijendra Kumar Singh

किरदार..

किरदार..

अगर हुआ तो कहानी की साख बचाने में..
हर मुमकिन कोशिश करता रहा..
कभी जाने अनजाने गर
शख्सियत और किरदार टकराए..
हालात के खटघरे में ..

खुद को ही गुनाहगार पाया..
..
तमाशे त्योहार के बीच
ज़िंदगी आगे बढ़ती रही..
कहानी ..

किरदार का इंतज़ार
जश्न के दूसरे जानिब करते मिली..

ज़िंदगी आगे बढ़ती रही..
कहानी..
किस्से बटोरने में अपनी रफ्तार से चली ..

..

Mehviyat - Brijendra Kumar Singh

किरदार..

कहानी किरदार पर फिर भारी पड़ी..
ज़िंदगी जो भारी पड़ने लगी तो

कहानी का दामन पकड़ने बैठे..
कहानी जब भारी लगी तो ज़िंदगी में..
भाग दौड़ में..

पनाह ली..

कहानी में किरदार गर जीते..
तो कहानी और ज़िंदगी कुछ और भी हो सकते थे..
पूरी कहानी के किरदार अक्सर अधूरे रहे..
अधूरी कहानी के किरदार मुकम्मल..

पुख्ता..
शख्सियत बन..

कहीं खो गए..

Mehviyat - Brijendra Kumar Singh

किरदार..

Mehviyat - Brijendra Kumar Singh

खयाल

(Thought)

Mehviyat - Brijendra Kumar Singh

खयाल ..

हम वतन हुए।
हम खयाल ना हुए..

हम उम्र हुए पर एक दौर के होकर ना जीये ..

हम खयाल रहे
हम विचार ना हुए..

हम राही रहे ..
पर एक ही मंजिल पर राज़मंद ना हो सके...

हम खुदा हुए..
पर एक इबादत के..
एक किताब के.. एक मज़हब के ना हो सके ..

कभी हम जुबान हुए..हम वतन ना हुए।
हम वतन ..कभी हम जज़्बा ना हुए।

हम ज़बान.. हम वतन..
पर 'हम"ना हो सके..

Mehviyat - Brijendra Kumar Singh

खयाल ..

..करीब के पांच राज़मंद जी हजूर जोड़ कर
सबने अपने अपने "हम"के दायरे बना लिए..

कायनात के मयखाने को तौबा कर..
सोच.. समझ.. तस्दीक ..
के पैमाने बांध लिए..
"

हम"में भी अक्सर सब
अलहदा "मैं"ही हो कर रहे ..
"मैं"के दायरे बड़े होते रहे..
जी-हजूरी से घिरे "हम" "मैं"से भी छोटे हो

सिसकते रहे..
जी हजूरी के सिसकते झूझते छोटे छोटे "हम"

बड़ी बड़ी बातें करने लगे..
..

Mehviyat - Brijendra Kumar Singh

खयाल ..

अज़ान.. जागरण.. जार्गन..
मंत्र.. कलमे.. रिवाज़..
मुल्क..धरम.. रिवायत..
रिश्ते..रंग.. जात पात..

में सब 'मैं"बांधते चले गए..
खुदा को भी इस साजिश में जोड़ने की जुगत लगी..
बुत बने..मीनार बने..
कबीले बने..
मुल्क बने..
धरम बने..
'हम"बने

हमारे तौर तरीके बने

हमारे 'हम" दायरे के बाहर..
सब वो हो गए..

Mehviyat - Brijendra Kumar Singh

खयाल ..

विचार बट गए

संस्कार बट गए..

जज़्बात बट गए.. बंध गए..

कुछ मेरे मान के उधार के 'हम"में रह गए..

कुछ गैर मान के हमारे 'हम"में रहे..
हमारे 'हम"में सब पुण्य.. हलाल...
बाहर सब पाप .. हराम...

उनके हो गए..

तमाम .. फसाद.. बवाल.. जंग..
हमारे 'हम".. उनके 'हम"
हम खयाल ना हो सके..
हम खयाल हुए..
तो हम विचार ना हो सके..

Mehviyat - Brijendra Kumar Singh

खयाल ..

कायनात में 'हम"सब

हम राही रहे ..

पर एक ही मंजिल पर राज़मंद ना हो सके..

.

Mehviyat - Brijendra Kumar Singh

खयाल ..

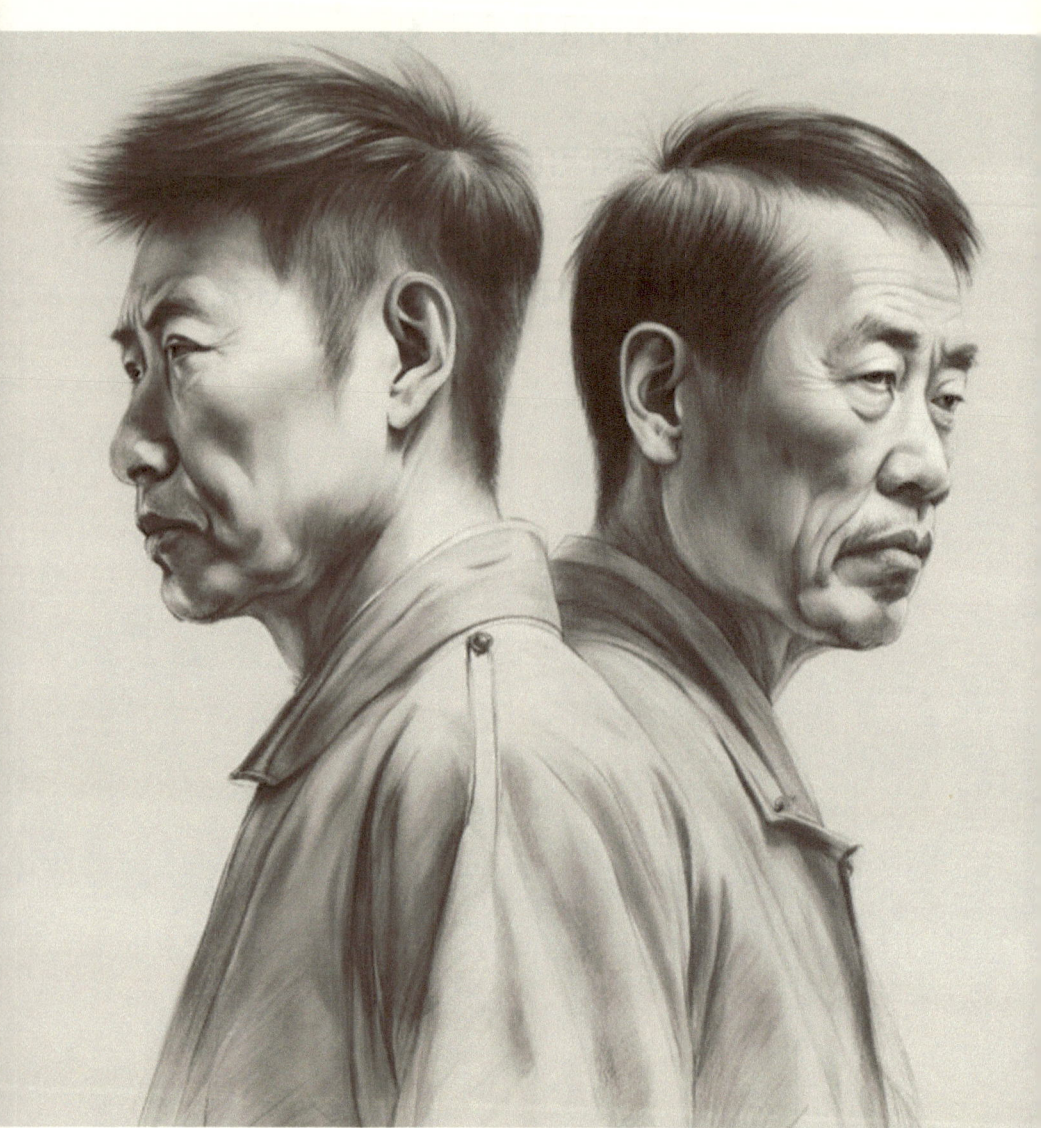

Mehviyat - Brijendra Kumar Singh

खयाल ..

तश्बीहात

(Metaphor)

Mehviyat - Brijendra Kumar Singh

तश्बीहात ..

तश्बीहात को खुदा बना बैठे हैं..

तश्बीहात के लिए खुदा को मर्दूद किये बैठे हैं..

बात बात पर फसाद..
इबादत के यहाँ नियम
कायदे कानून बना बैठे हैं..

इत्तेफाक से पैदा हुए हिंदू..
या फिर किस्मत से पैदाइशी मुसलमान...

या तकदीर रही तो कुछ और..
अपने ही किताब धरम मज़हब के कुएं में रह ..

दूसरे के कुएं में कीचड़ उछालना
मज़हब बनाये बैठे हैं..
तश्बीहात को खुदा बना बैठे हैं..
कुछ ऊँची मीनार को बना
खुदा के करीब जाने की कोशिश करे बैठे हैं..

Mehviyat - Brijendra Kumar Singh

तश्बीहात..

कुछ मीनार गिरा
वहाँ कुछ और तश्बीहात बना बैठे हैं..

कुछ हमागिर माने हैं..
कुछ बुत को खुदा माने हैं..

सब तश्बीहात के मारे हैं.. सच से सब अनजाने हैं..
कुछ गुफा पहाड़ तपते रेगिस्तान
में तश्बीहात की तलाश में घूमे हैं..

कुछ चार दीवारें बना खुदा
को नज़रबंद करने की साज़िश में जुटे बैठे हैं..

कुछ सर ढक कर बा-अदब
खुदा के घर में जाने की रिवायत बनाये बैठे हैं..
कुछ नग्न रहकर खुद को
खुदा के करीब बताये बैठे हैं..

Mehviyat - Brijendra Kumar Singh

तश्बीहात..

कुछ तिलक लगाये बैठे हैं..
कुछ केश बढ़ा बैठे हैं..

कुछ रोज़े कुछ व्रत.. कुछ कुर्बानी..
कुछ भोग..
कुछ जागरण
कुछ अज़ान..

नकल को मज़हब.. मज़हब को नकल बनाये बैठे हैं..
पाप पुण्य.. हलाल हराम..

तश्बीहात के नाम पर
खुदा को उसी की कायनात से बेदखल करे बैठे हैं..

Mehviyat - Brijendra Kumar Singh

तश्बीहात..

ज़िंदगी के दरुल उलूम को
बस एक किताब से कामयाब करने की कोशिश में
लगे बैठे हैं..

मेरा ग्रंथ तेरी किताब..
तेरे श्लोक
मेरी हदीस ..

मेरी तलवार ..तेरा त्रिशूल..

ना मेरा खुदा ना तेरा ईश..

तश्बीहात को तश्बीहात से लड़ाये बैठे हैं..

नफरत को धरम..
नफरत का खुदा बनाये बैठे हैं..

Mehviyat - Brijendra Kumar Singh

तश्बीहात..

Mehviyat - Brijendra Kumar Singh

करीब

(Near)

करीब..

काफी करीब से देखे थे तुझे..

अब करीब से गुज़र भी जाऊँ तो लगता है
मानो मुलाकात कभी हुई थी नहीं..

कभी बाहों में खेले थे तेरी..
अब तेरा आगोश में रूह झुलस जाती है..
वक़्त से पहले ही उम्र दराज़ सी तू हो चली..
नौ बार उजड़ी बसी ..

अब फिर एक बार गिरती उजड़ती..
मेरी नज़रों में ही शायद आखिरी मुस्कुराहट
तेरी कहीं कैद हो कर रह गई..

दिल से जाती नहीं.. मगर अब तुझसे दिल्लगी भी नहीं..
दिल्ली..

कभी बस तुझसे ही आशिकी थी मेरी..

Mehviyat - Brijendra Kumar Singh

करीब..

पर अब तेरी आब-ओ-हवा साँसों पर भारी पड़ रही..
मलमली कोहरे में जो शोख़ नज़र आती थी..

धूल के बादल में उम्रदराज़ सी पेश आने लगी..

ग़ालिब ज़ौक़ ने शायरी में तराशी थी कभी..
अब सुना अनसुना कर देना तेरी बद ज़ुबानी ..
मेरी फितरत ही बन गई ..

मोहब्बत है कुछ तुझसे अभी भी बाकी..

पर अब तेरे दीदार की तमन्ना और बाकी ना रही..

निवालों किस्से कहानी में ही अब
तुझसे दूर से मुलाकात रहेगी..

कि नाकाम मोहब्बत में करीबी रिश्ता
मुझे मंज़ूर नहीं..

Mehviyat - Brijendra Kumar Singh

करीब..

Mehviyat - Brijendra Kumar Singh

करीब..

मेरे बगैर तेरे बाज़ार की रौनक
कम होगी नहीं..

तेरे बाज़ार के दिन-ब-दिन बढ़ते शोर ओ गुल में
मुझे मौसिकी मिलती नहीं..

तेरे चाहने वालों की कोई कमी आज भी नहीं..
तेरे चाहने वालों की
नुमाइशी भीड़ से मेरी कभी बनी ही नहीं..

लाल पत्थर में नफासत से करहाई गई थी कभी..

अब धूल और धुएं में धूमिल हो चली ..

क्या मालूम था ज़फर को भी..

कि दिल्ली कभी यूँ भी लूटेगी..

Mehviyat - Brijendra Kumar Singh

करीब..

ना ही अब्दाली का लश्कर ..

ना ही नादिर की खूनरेज़ी होगी

ना फिरंगी की साज़िश ..
ना शमशीर से होली होगी

दिल्ली ..

तमाम अपनों के ही हाथों मिट रही होगी..

फिज़ाओं में ज़हर होगा..
ज़मीन जहन्नम सी तपेगी..

.. केसरी सफेद हरे से भगवा हो..
लाल लहू में नहाती सुनाई देगी ..

पूरी तरह बसने से पहले ही
बरबाद बार बार होती रही..

Mehriyat - Brijendra Kumar Singh

करीब..

दिल्ली सियासत और लालच से लाचार रहती रही..

कभी तुगलक तो कभी अंध भक्त से
बदनाम बर्बाद हुई..

दिल्ली सियासत और लालच
और कभी दिमागी दिवालियापन का शिकार रही..

मोहब्बत है कुछ तुझसे अभी भी बाकी..

पर अब तेरे दीदार की तमन्ना
और बाकी ना रही..
दिल्ली..
दिल से जाती नहीं.. मगर अब तुझसे दिल्लगी भी नहीं..

दिल्ली..
कभी बस तुझसे ही आशिकी थी मेरी..

Mehviyat - Brijendra Kumar Singh

करीब..

दिल्ली..

दिल से जाती नहीं..

मगर अब तुझसे दिल्लगी भी नहीं..

दिल्ली..

कभी बस तुझसे ही आशिकी थी मेरी..

.

Mehviyat - Brijendra Kumar Singh

करीब..

Mehviyat - Brijendra Kumar Singh

कारोबार

(Business)

कारोबार ..

ज़िंदगी का कारोबार ..
ना जाने कहाँ कहाँ ले गया..

रोज़ खुद का सौदा किया..
रोज़ मेरा वक़्त मेरे ही लिए कुछ कम हो गया..

Mehviyat - Brijendra Kumar Singh

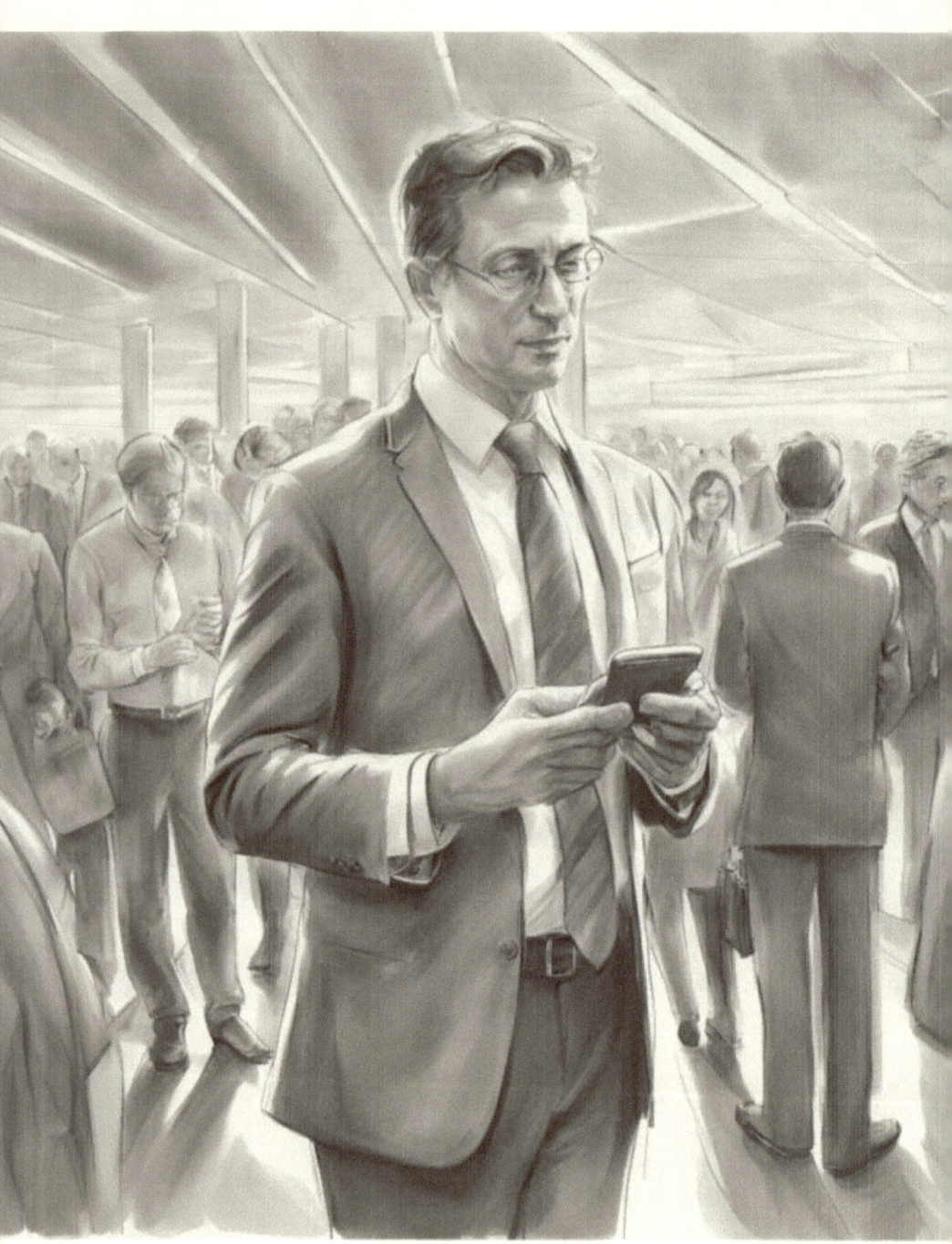

कारोबार ..

Mehriyat - Brijendra Kumar Singh

Mehviyat - Brijendra Kumar Singh

हिसाब

(Calculations)

हिसाब..

बातों का हिसाब रखते हैं..
हिसाब में बातें बनाते हैं..

अमूमन लोग ज़िंदगी हंसी और खुशी..

का बस हिसाब किताब रखते हैं

इतिहास में कोई दिलचस्पी नहीं..
मगर बातों की तारीख ..
का लंबा हिसाब रखते हैं..

बातों से बातें काटते हैं..
बातों से बात बिगाड़ते हैं..

प्रमाण प्रत्यक्ष की कोई पूछ नहीं..
कही सुनी पे संस्कृति चलाते हैं

बातों में रचाये राम..
बातों से बनाये रावण..

Mehviyat - Brijendra Kumar Singh

हिसाब..

अपने भीतर के राक्षस को..
बचाये छुपाये चलते हैं..

बातों के लेन देन में..
रिश्तों को छोटा बड़ा करते हैं
ग़म-ए-जहाँ के हिसाब में ..

खुद को ठगा बताते हैं..

अधूरी खोखली दिखावटी खुशियों
के ताने बाने बनाते हैं

बताओं के लेन देन में..
अक्सर नकली बातें बना जाते हैं..

..

Mehviyat - Brijendra Kumar Singh

हिसाब..

फिर मेरी तुम्हारी कोई बात नहीं..
बस बातों पे बातें बनाते हैं..

बातों के ताने बाने में..
जाने क्या क्या खो जाते हैं..

बातों का हिसाब रखते हैं..

मनगढ़ंत बातों पर जलसे मनाते हैं..

दरारें बनाने के कारोबार में..

अक्सर अच्छी रिश्तेदारी निभाते हैं..

फिर मेरी तुम्हारी हमारी की कोई बात नहीं..
बस बातों पे बातें बनाते हैं..

Mehviyat - Brijendra Kumar Singh

हिसाब..

Mehviyat - Brijendra Kumar Singh

Mehviyat - Brijendra Kumar Singh

औधा

(Position)

औधा..

उँचे ओहदों पे ना खुश नाकामियाब लोग
आँखों के नीचे कालिख

धूप नहीं..
खाली काली लंबी रातों में सफेद हुए बाल

उँचे ओहदों को पकड़े..

कमजोर ईमान के कठोर ना खुश लोग..

खुदा के आगे रोज़ दर रोज़..
या कभी-कभार..

खुशी नहीं..
ओहदों की गुहार में झुकते लोग..

अपने ओहदों से बड़े ओहदे पर..

गिरते पड़ते बड़े शौक से ये लोग

Mehviyat - Brijendra Kumar Singh

औधा..

भगवान और देवता में भी बना है बैठे..
बड़े छोटे ओहदे..
ओहदों की धार पकड़ में भागते..

कभी इस दर तो कभी उस दर पर..
कमजोर कठोर चेहरों लिए ना खुश लोग..
तभी शायद खुदा से खासा नाराज़ है आजकल।

उँचे ओहदों की ही बस पहचान लिए।
ये नाकाम लोग

ओहदों में ही अब रिश्ते बनाते..
रिश्तों में अब ओहदे ढूंढते..

बड़े रिश्तों के छोटे ओहदों को एक तरफा करते..
छोटे रिश्तों के बड़े ओहदों को करीब लेते..
बिना रिश्तों के बड़े ओहदों को गले लगाते..
ऊँच नीच जात पात..
अब ओहदों में बनाते बटाते..

Mehviyat - Brijendra Kumar Singh

औधा..

औधा..

ज़िंदगी को बस ओहदों की धार पकड़ बनाते

कागज़ी तमगे..

नुमाइशी जज़्बात में लिपटे रहते..

उँचे ओहदों पे

ना खुश..

ना काम लोग

Mehviyat - Brijendra Kumar Singh

औधा..

Mehviyat - Brijendra Kumar Singh

Mehviyat - Brijendra Kumar Singh

कभी

(Sometimes)

कभी..

कभी यूं ही मिल..

कि वजह ना हो

शाम हो..
सुबह का इंतज़ार ना हो
कभी यूं ही मिल
कि जाम ना हो

कोई अरमान ना हो..
गिला ना हो
कभी यूं ही मिल.. कि वजह ना हो
कोई कल ना हो..

कोई पल ना हो कभी यूं ही मिल
कि समय ना हो
कोई बोझ ना हो..
कोई ख्वाब ना हो
गुरूर ना हो..
कोई फितूर ना हो

Mehviyat - Brijendra Kumar Singh

कभी..

कभी..

कोई मिलने की वजह भी ना हो
कोई शिकन ना हो..

कोई शिकवा ना हो
जो याद रह गई..

ऐसी कोई बात ना हो
कोई ऐसी बात ना हो..

जो याद ना होने का गिला ना हो
कभी यूं ही मिल..
कि कोई सवाल ना हो.. जवाब ना हो..
कोई रंज ना हो ..
रंग ना हो

कभी पांच दिन की गुलामी
और दो दिन की रिहाई के बाद मिल

कभी यूं ही मिल..

Mehviyat - Brijendra Kumar Singh

कभी..

कभी यूं ही मिल..

कि तुझे मेरा नाम भी याद ना हो
और मिले तो
नाम पहचान जाने की वजह ना हो
कोई झिझक ना हो..

कोई वजह ना हो
कभी यूं ही मिल
कि मसरूफ हैं तू भी और मैं भी
मुलाकात की कोई वजह नहीं..

वक़्त नहीं..समय नहीं
पर..

कभी यूं ही मिल..

Mehviyat - Brijendra Kumar Singh

कभी..

Mehviyat - Brijendra Kumar Singh

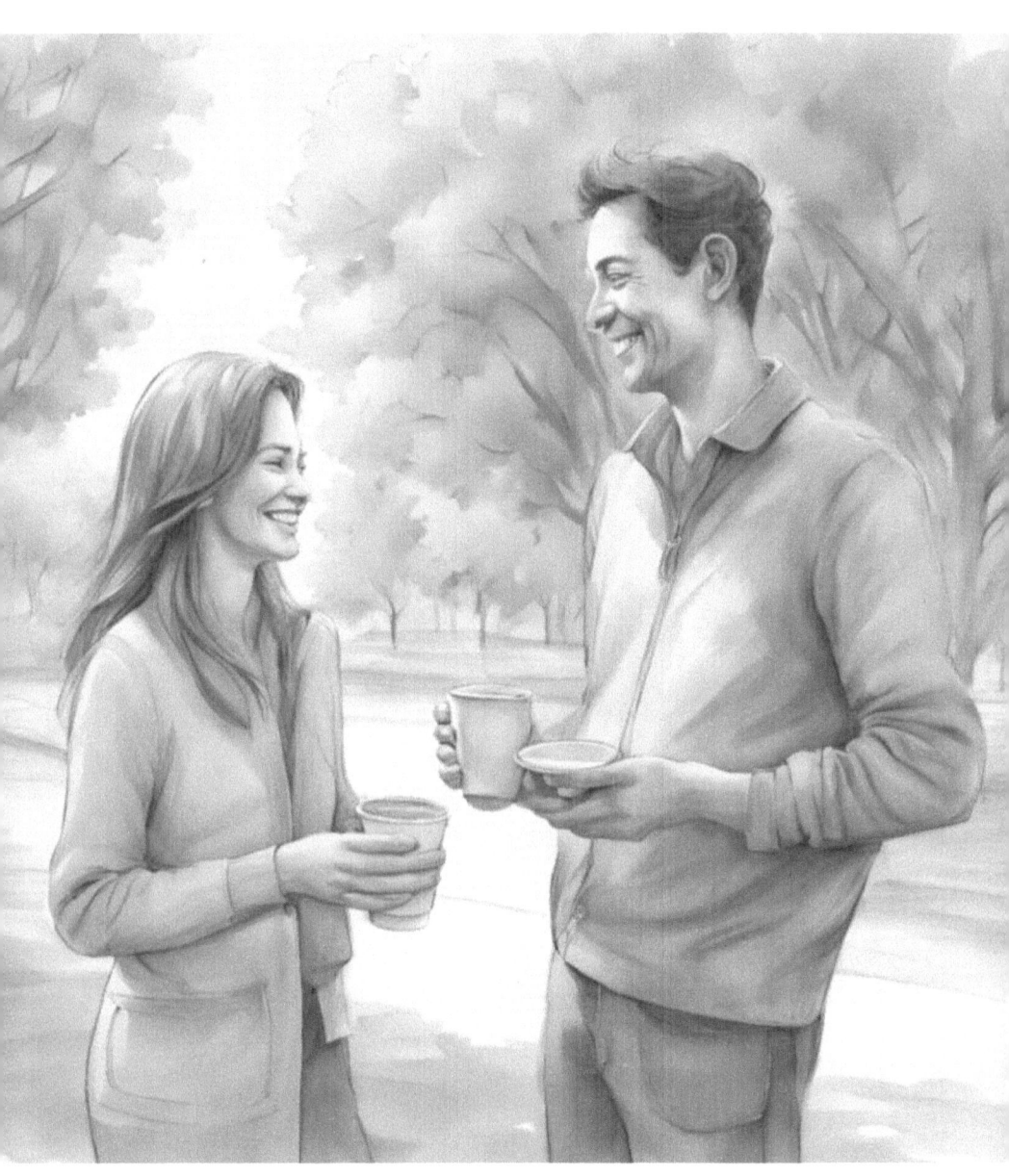

Mehviyat - Brijendra Kumar Singh

उम्मीद

(Hope)

Mehviyat - Brijendra Kumar Singh

उम्मीद ...

उम्मीद से मुतासिर हूँ

ज़िंदगी के कारवां में हूँ
मगर भीड़ में कम ही शामिल हूँ

शिकवे शिकन शिकायत
के जागरण और सजदे को तौबा कर..
बस मैं उम्मीद से मुतासिर हूँ

ना काफिर हूँ
ना ही किसी काज़ी ..
हाकिम ..संत ..
पीर ..फकीर
का शागिर्द हूँ

खुदा से कुछ ना कुछ
शिकायत कहीं
छुपा के रखता हूँ ....

Mehviyat - Brijendra Kumar Singh

उम्मीद ...

तो ना ख़ुदा तो नहीं

मगर उसकी नमाज़ दुआ
प्रार्थना उपासना की भीड़
में भी दिखूंगा नहीं

.. बस उम्मीद से मुतासिर हूँ

वतनपरस्ती खुदादारी ..
उम्मीद ना उम्मीदी की बस सौदेबाज़ी..

चार वक़्त के निवाले की दौड़ में..
पांच वक़्त की नमाज़
और नौ दिन के तीज त्योहार में कहीं
बात कट रही उम्मीद सारी..

हज की दौड़ या अमरनाथ के सकरे मोड़..
उम्मीद की राह में रहे ही

चले चाहे शिव या फिर ख़ुदा के बोल..

"
Mehviyat - Brijendra Kumar Singh

उम्मीद...

झेलम के उस पार शहीद
या फिर इधर अमर ..

एक दूसरे की उम्मीद को काटने में
कभी राम कभी खुदा के नाम पर
इस तान या उस वर्ष की
अमर शहीद
हो कर रही उम्मीद सारी ..

उम्मीद से मुतासिर हूँ..
ना खुदा हूँ..

ना काफिर हूँ..

ना कुरान पढ़ा हूँ ना भजन का रहा हूँ..
ना इबादत का हूँ ना भक्त हूँ..

Mehviyat - Brijendra Kumar Singh

उम्मीद ...

ना मुअज़्ज़िन का पांच वक़्त का गुलाम हूँ..

ना तिलक टिके या हज़ारों साल की उम्मीदी
नाउम्मीदी का बोझ में दबा हूँ..

ना गौ से इश्क में हूँ..
ना सुअर के कुफ्र में हूँ..

ना कुरान का हूँ ना गीता का रहा हूँ ..
किताबें हैं बहुत और भी
जिसमें मैं उम्मीद और सुकून पा रहा हूँ

उम्मीद की ही इबादत में हूँ..
उम्मीद का मुतासिर हूँ..

ना खुदा का हूँ..

ना काफिर हूँ

Mehviyat - Brijendra Kumar Singh

उम्मीद ...

Mehviyat - Brijendra Kumar Singh

असूल
(Rule)

असूल ..

दुनिया का यही बस असूल है...
हर एक के वक़्त का महंगा सस्ता मोल है...

वक़्त अच्छा हो तो महंगे,
वरना मुफ्त में ही बिकते सबके बोल हैं...

तरक्की का सब का मकसद सिर्फ
महंगा करना अपने बोल का मोल है...

कपड़ों के बिना या फिर सूट-बूट में,
तवायफ बन सब खुद को सब समझे अनमोल हैं...

यहाँ रिश्तों में भी गणित चलता है,
पाँचवीं फेल भी

जायदाद में अपनी हिस्सेदारी का हिसाब समझता है...

Mehviyat - Brijendra Kumar Singh

असूल ..

साझे का रिश्ता वैसे तो लंबा चलता है,
गर बँटवारा और कचहरी का हो तो पास हो के भी दूर...

और दूर हो के भी करीब का निभता है...
जज्बात यहाँ अक्सर मुफ्त का होता है...
ईमान बिकता है...
खुदा बिकता है...
जमीन बिकती है...
जमीर बिकता है...
सब जान-निसार बिकते हैं...

मेरे सवाल बिकते हैं...
तेरे जवाब बिकते हैं...
वक्त बिकता है...

वक़ार (इज्जत) बिकता है...

Mehviyat - Brijendra Kumar Singh

असूल ..

सबब (उद्देश्य) बिकता है...
झूठ बिकता है...
जिस्म बिकता है...

जिंदगी बिकती है...

तुझे मुझे मालूम भी नहीं था...
हर पल हर लम्हा तेरा...

मेरा वजूद बिकता है...

उम्मीद है नहीं बिकती तो...
तेरी मेरी रूह नहीं बिकती है...

दुआ है कि तूने मेरी रूह की

कोई कीमत कभी नहीं रखी ...

Mehviyat - Brijendra Kumar Singh

असूल ..

Mehriyat - Brijendra Kumar Singh

Mehviyat - Brijendra Kumar Singh

Qilaband

(Treched in)

Mehviyat - Brijendra Kumar Singh

किलाबंद..

किलाबंद है..
कुछ दिनों से किलाबंद है..

सबने बना लिए हैं अपने बीस ब॒टा तीस के दुर्ग
बैठक में भी कुछ ने रख लिए हैं आटा चावल दाल रसद..

और किसी के घर भूख दे रही है
पहले दूसरे दिन ही दस्तक..

नियंत्रण रेखा कश्मीर से बढ़कर
दोस्तो
जज़्बातों
से होकर घर के अंदर आ बसी है..

अपने अपने घर मोहल्लों में भी..
सरहद खिंच गई है

नक्शे से होकर लकीरें ज़मीन पर बन रही हैं
रिश्ते और दोस्ती पर
निशान कर रही हैं

Mehviyat - Brijendra Kumar Singh

किलाबंद..

Mehviyat - Brijendra Kumar Singh

किलाबंद..

बाहर गलियों में बस नफरत घूम रही है
व्हाट्सएप,
ट्विटर, फेसबुकों में
मज़हबी सियासत रिस के टपक रही है..

सांसें अब सिसकियों में आ रही हैं
सड़क अब शहर से वापस गांव को जा रही है

नाउम्मीदियों के रास्तों पे रुकती रुकाती गरीब की ज़िंदगी
सरकारी कल-पुर्जों से गुहार लगा रही है..

अमीर को अपने महल में भी घुटन आ रही है..

अपने किले के आप ही किलेदार,
आप ही दरबान,
आप ही रसोइयाँ और आप ही चौकीदार

होने की जिम्मेदारी सता रही है..

Mehviyat - Brijendra Kumar Singh

किलाबंद..

छोटे गरीबखाने के या अंतिलिया के..
थाली बजाकर
और दिए जलाकर कुदरत का मज़ाक बनाने में मगन हैं..

करोड़ों ऐसे भी हैं जो बस एक अदद पोटली,
टोकरी या फिर बस अपने जिस्म के किलेदार हैं..

किलाबंद है..
कुछ दिनों से किलाबंद है..
अरदास बंद है,
नमाज़ बंद है
खुशी मुझे है कि
पंडित, मौलवी, पादरी के मुँह सब एक साथ बंद हैं

एहसास, अफसोस और इल्म शायद हो सबको कि
मंदिर-मस्जिद से अस्पताल कहीं ज्यादा चंद हैं

हिंदू, मुस्लिम, सिख, ईसाई बन रहे सब..
मगर डॉक्टर कम हैं..

Mehviyat - Brijendra Kumar Singh

किलाबंद..

इंसानियत बाहर बिखरी पड़ी आज इंसान किलाबंद है..

वक्त से दौड़ लगाती इंसानियत किलाबंद है

ख्वाहिशें किलाबंद हैं

गुज़रे महीने आए आईफोन के चर्चे कम हैं..
लाज़मी है कि जिनके साथ किलाबंद हैं
उनसे अब गुफ्तगू का ज्यादा संग है..

खुद के साथ चार दीवारों में रहे..
अनजान अजनबी हम अपने संग हैं..

वक्त किलाबंद है..
उम्मीद बाहर रह गई..

खौफ साथ किलाबंद है..

Mehviyat - Brijendra Kumar Singh

किलाबंद..

खुशकिस्मत हैं आप..

अगर चार दीवारें संग हैं

किलाबंद है कुछ दिनों से किलाबंद है

आज है.. कल थे..
कल हैं..

आने वाले वक्त तक किलाबंद है
अभिमान के..
खोखली ख्वाहिशों के..
गुमराह उम्मीदों के..

कभी-कभी हम दूसरों के किले में किलाबंद हैं..
आज़ाद खयाल किलाबंद हैं..
कहीं तो हम और तुम एक अरसे से
किलाबंद हैं खयाल किलाबंद हैं
मुलाकात किलाबंद है

Mehviyat - Brijendra Kumar Singh

किलाबंद..

मेरी तुमसे मिलने की ख्वाहिश किलाबंद है..
कभी छोटी खुशी में बड़े दर्द किलाबंद हैं

असल ज़रूरतें बहुत बहुत चाँद हैं..

इसलिए आज हम सब किलाबंद हैं
कुदरत कुछ सांसें ले सके.. इं

सान इसलिए आज किलाबंद है..
मेरी तुमसे मिलने की ख्वाहिश किलाबंद है..
कभी छोटी खुशी में बड़े दर्द किलाबंद हैं

असल ज़रूरतें बहुत बहुत चाँद हैं..
इसलिए आज हम सब किलाबंद हैं

कुदरत कुछ सांसें ले सके..

इंसान इसलिए आज किलाबंद है..

Mehviyat - Brijendra Kumar Singh

किलाबंद..

Mehviyat - Brijendra Kumar Singh

Qilaband

Note : Qilaband evolved when humanity was visibly forced to live fortified life during covid.

Sadly, even without any pandemic, many amongst us lead a secluded life in urban fortifications or entrenched deep in their mind.

Mehviyat - Brijendra Kumar Singh

Alfaaz

(Words)

Mehviyat - Brijendra Kumar Singh

अल्फ़ाज़ ..

जब वक़्त था तो अल्फ़ाज़ नहीं थे...

जब अल्फ़ाज़ थे तो वक़्त कम था...

अब वक़्त और अल्फ़ाज़ दोनों हैं तो...

सबके वक़्त (टाइमज़ोन) अलग-अलग हो गए हैं...

Mehviyat - Brijendra Kumar Singh

अल्फ़ाज़ ..

Mehviyat - Brijendra Kumar Singh

Mehriyat - Brijendra Kumar Singh

तमाशा

(Performance)

तमाशा ..

हम सब दर्शक हैं..

अर्ध सत्य के अर्ध ज्ञाता..
अर्ध विकसित ..
अर्ध निर्मित..

आधे इल्म पर पूरे दर्जे का परचा लिए सर्वज्ञाता..
सब अपने अपने आधे आधे
सत्य के आगे नतमस्तक हैं..

आधे अधूरे हम..
इस पूरे तमाशे के..
बहुत छोटे हिस्से के..

मात्र मूक दर्शक हैं..

तमाम पहलुओं से अनजान..
बस अपने अपने पहलू पर हम सब..
अडिग.. असुरक्षित...
अर्धसत्य के अर्ध ईश के उपासक..

Mehviyat - Brijendra Kumar Singh

तमाशा..

सीमित ज्ञान के..
अपनी अपनी उम्र के पड़ाव के..

आपसी भेदभाव के..
रंजिश के दबाव में..
सर्मायादार की मवासलात (मीडिया) ने जो दृश्य दिखाया..

सब के सुभेदारों ने जिस भी दिशा में
सिर घुमाने का फरमान बजाया..

सब बस उस बड़े दृश्य के..
छोटे हिस्से के..

मूक दर्शक हैं..

अर्ध सत्य के उपासक..

अर्धसत्य के प्रचारक..

Mehviyat - Brijendra Kumar Singh

तमाशा..

Mehviyāt - Brijendra Kumar Singh

तमाशा..

जो चर्चित है उसके पीछे खड़े हम बहुमत हैं..

सत्य जो अंधकार में है..
उसके लिए हम सर्व ध्वनि से विपक्ष हैं..

और मनपसंद चर्चित जो चूक गया..
उसके बहिष्कार का हम...
पहला मत हैं..

मुआशरे (समाज) में आए ज्वार भाटे
को टकटकी लगाकर देखते..
सुबह..
शाम..
रात..

तमाशे में नए मोड़ की आस लिए..

प्रत्यक्ष या अप्रत्यक्ष पर अटकी सभी की सांस हैं..

...

Mehviyat - Brijendra Kumar Singh

तमाशा..

Mehviyat - Brijendra Kumar Singh

तमाशा..

खुद अपने एहसास की आधी टेढ़ी
कतारों को तोड़ते जोड़ते..

कभी चक्रव्यूह को भेदते..
कभी रण से मुख मोड़ते..

अपनी हर जीत ..
हर हार के..
हर सुने अनसुने विलाप के..

भाव से भय तक..

विचार से अहंकार तक..
खुद हम सब एक मात्र दर्शक हैं..

चढ़ते सूरज के गिरते सितारों के..

प्रत्यक्ष में..
अप्रत्यक्ष के..

Mehviyat - Brijendra Kumar Singh

तमाशा..

तमाशे के..
तमाशबीनों के..
एहसास के..
साज के..

ब्रह्मांड से परे से लेकर परमाणु तमाशों
के अंदर बनते बिगड़ते तमाशों के..

पूर्ण सत्य की खोज में अर्धविकसित हम..
अर्ध सत्य जितनी ही दृष्टि को समेट सकते..
आने वाला अविकसित समाज के..
आधे अधूरे दर्शक हैं..

अपने तमाशे के किरदार में कम..
गैरों के तमाशे के रहे ज्यादा..

अपने अर्धनिर्माण के हम अर्ध में सदा..
प्रत्यक्ष दर्शक हैं..

Mehviyat - Brijendra Kumar Singh

तमाशा..

Mehviyat - Brijendra Kumar Singh

पानी

(Water)

पानी ..

पानी का कतरा

ना दरिया में डालना चाहता है खुद को
ना समंदर में..

ना प्यास बुझाना चाहता है
ना भाप बन कर जलाना..

ना सैलाब ना झरना..

मगर वो दरिया भी है..

समंदर भी है..
सैलाब भी है..
भाप भी है..

झरना भी है.

Mehviyat - Brijendra Kumar Singh

पानी ..

Mehriyat - Brijendra Kumar Singh

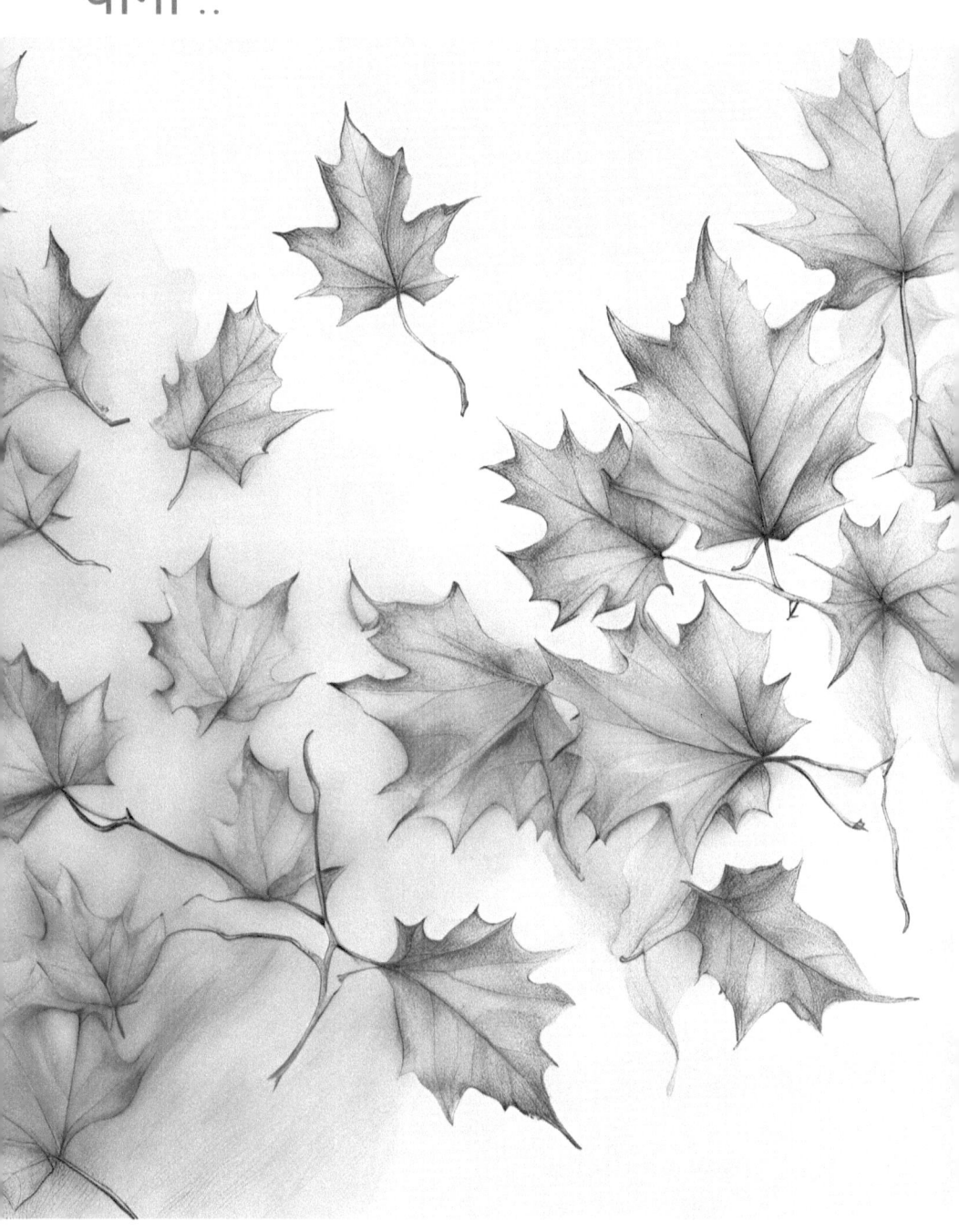

Mehviyat - Brijendra Kumar Singh

मतलब

(Meaning)

मतलब ..

बोल सीखने में बचपन गया..

तर्जुमा पढ़ने में जवानी..

रही उमर

मतलब बनाने और..

समझने में गंवा दी..

Mehviyat - Brijendra Kumar Singh

मतलब ..

Mehviyāt - Brijendra Kumar Singh

Mehriyat - Brijendra Kumar Singh

मुस्कुराहटें

(Smiles)

मुस्कुराहटें...

मुस्कुराहटें होती हैं…
मसले… मसाइल…
भी होते हैं…

पर वो आधे-अधूरे ही सही…
मुकम्मल ख्वाब नहीं होते…

लोग मिलते हैं…
दोस्त बनते हैं…
मगर वो यार नहीं होते…
और क्या ही कहूँ…
बिछड़ने पर भी…
अब वो मलाल नहीं होते…

तारुफ़ होते हैं…
मुलाकातें होती हैं…
सिलसिले होते हैं…

मगर वो लम्हात नहीं होते…

Mehviyat - Brijendra Kumar Singh

मुस्कुराहटें...

एक अरसे से अब...

इत्तेफ़ाक़ नहीं होते...
लोग मिलते हैं...

मगर वो मेरे यार नहीं होते...

एक अरसे से अब...
इत्तेफ़ाक़ नहीं होते...
लोग मिलते हैं...

मगर वो...

मेरे यार नहीं होते...

Mehviyat - Brijendra Kumar Singh

मुस्कुराहटें..

Mehviyat - Brijendra Kumar Singh

Mehviyat - Brijendra Kumar Singh

वक़्त

(Time)

Mehviyat - Brijendra Kumar Singh

वक़्त ..

वक़्त की बिसात बिछ चुकी है।

खेल का मौज़ू (उद्देश्य/विषय) क्या है..
अनगिनत बाज़ियों के बाद भी..
किसी को इल्म नहीं है..

हर शख्स दूसरों के लिए प्यादा..
हर एक शख्स..
अपनी नज़र में शाह का लिए है औहदा..

प्यादे और शाह में
कोई खास फर्क नहीं है..

ताज और पैरहन (पोशाक)..
हटा दो तो फर्क शायद कुछ भी नहीं है..

लकड़ी, पत्थर या फिर मिट्टी के प्यादे..
बिसात सिमटेगी तो अंजाम सबका वही है..

Mehviyat - Brijendra Kumar Singh

वक़्त ..

हर प्यादे में शाह होने का जज़्बा है
..
हर एक शाह को एक शिकस्त का फतवा है

वक़्त की बिसात पर..
प्यादे औहदा बदलने का
पूरा इख्तियार रखते हैं..

कोई भी प्यादा अपना औहदा ना बदल सके.
शाह की साज़िशी मकसद यही है..

मोहरों का रंग और पुख्ता करने में
कुछ खास मुश्किल शतरंज में तो नहीं है..

ना मालूम औहदों का बटवारा..
और रंग भेद
ज़िंदगी से शतरंज में कब घर कर गया..

Mehviyat - Brijendra Kumar Singh

वक़्त ..

या फिर किसी शतरंज की हारी हुई बाज़ी का मोहरा..
ये ज़हर किसी रोज़ ज़िंदगी में भर गया..

ना मालूम किस रोज़ से लोग ढाई चाल चलने लगे...
या फिर सबसे किलाबंद होकर रहने लगे..

ऊँच नीच के औहदे..
मज़हब.. जात.. पात..
के रंग..
की कालिख.
या.. सफेदी..
मालूम होता है..
मोहरों को बांटने के लिए इजाद की गई थी..

शतरंज से अलग..
ज़िंदगी में मोहरों का रंग और पुख़्ता करने में
खासा साज़िश और
मशक्कत चल रही..

Mehviyat - Brijendra Kumar Singh

वक़्त ..

Mehviyat - Brijendra Kumar Singh

वक़्त ..

इल्म.. दानिशमंदी..
बसीरत की पूछ ज़िंदगी की शतरंज..
में हमेशा ही कम रही..

इन्हीं औहदों और रंग में बट कर..
मोहरे
गर फतह हुए तो भी शिकस्त खाते हैं..

या फिर हारी बाज़ी पर गैर शाह
की मेहरबानी मांगते हैं..

शतरंज और ज़िंदगी की बिसात पर
खुशकिस्मत मोहरे

एक वक़्त पर एक ही घर और
एक ही बाज़ी में रहते हैं..

Mehviyat - Brijendra Kumar Singh

वक़्त ..

मगर अमूमन ज़िंदगी की बिसात पर मोहरे
गुज़रे वक़्त और
आने वाले वक़्त
की बाज़ी में उलझते दिखते हैं..

शतरंज की बिसात पर
लकड़ी ..पत्थर के मोहरे देखे हैं..

ज़िंदगी की बिसात पर इंसानी मोहरों को
लकड़ी और पत्थर का होते अक्सर देखा है...

वक़्त की बिसात पर मोहरे सब..

मोहरों ने
कभी अपनों को रंग बदलते देखा है..
कभी अपनों से शिकस्त खाते देखा है..

Mehviyat - Brijendra Kumar Singh

वक़्त ..

शतरंज की बिसात पर
मोहरे ..गई बाज़ी को याद कहाँ रखते हैं

ज़िंदगी की बिसात पर इंसानी मोहरे
रंजिश की कहानी का बोझ
साथ ले कर चलते हैं…

शतरंज की बिसात बिछती है..
सिमटती है..

वक़्त की बिसात पर..
छोटे बड़े मोहरों की..
अगली चाल के इंतज़ार में ....

ज़िंदगी

रहती है..

Mehviyat - Brijendra Kumar Singh

वक़्त ..

Mehviyat - Brijendra Kumar Singh

मेहफिल

(Party)

मेहफिल..

मेरा ये किरदार बस तुम्हारे लिए है…

इस महफ़िल और इन सफ़हात (पन्नों)

के बाहर जहान-ए-ख़राब में

तमाशा कुछ और ही है…

Mehviyat - Brijendra Kumar Singh

मेहफिल..

Mehviyat - Brijendra Kumar Singh

पढ़ने के लिए
धन्यवाद

Recommended

reading

The Three Friends

Ganesh Ramanathan

WE ALL FEEL A LITTLE NUMB
SOMETIMES AND THAT'S OKAY

MIND GRAPES

PRAGATI JAIN

Mehviyāt - Brijendra Kumar Singh

Mehviyat - Brijendra Kumar Singh

Iru, ainu, nishka, nivaan, nathan, noah, ayush, shaurya, rommel, shruti, anvika, saanvika, bhargava, sana, lil anya's

hope you come across these pages on your own some day

Mehviyat - Brijendra Kumar Singh

Mehviyat - Brijendra Kumar Singh

Brijendra Singh

Grew up in Delhi and have lived or travelled through US, Canada, Europe, South East Asia, Bangalore and currently reside in Sydney. By profession, I am into Information technology with keen interest in Data.

Outside of work, I dabble into photography, food, music and *Mehviyat*..

Brijendra Kumar Singh

Mehriyat - Brijendra Kumar Singh

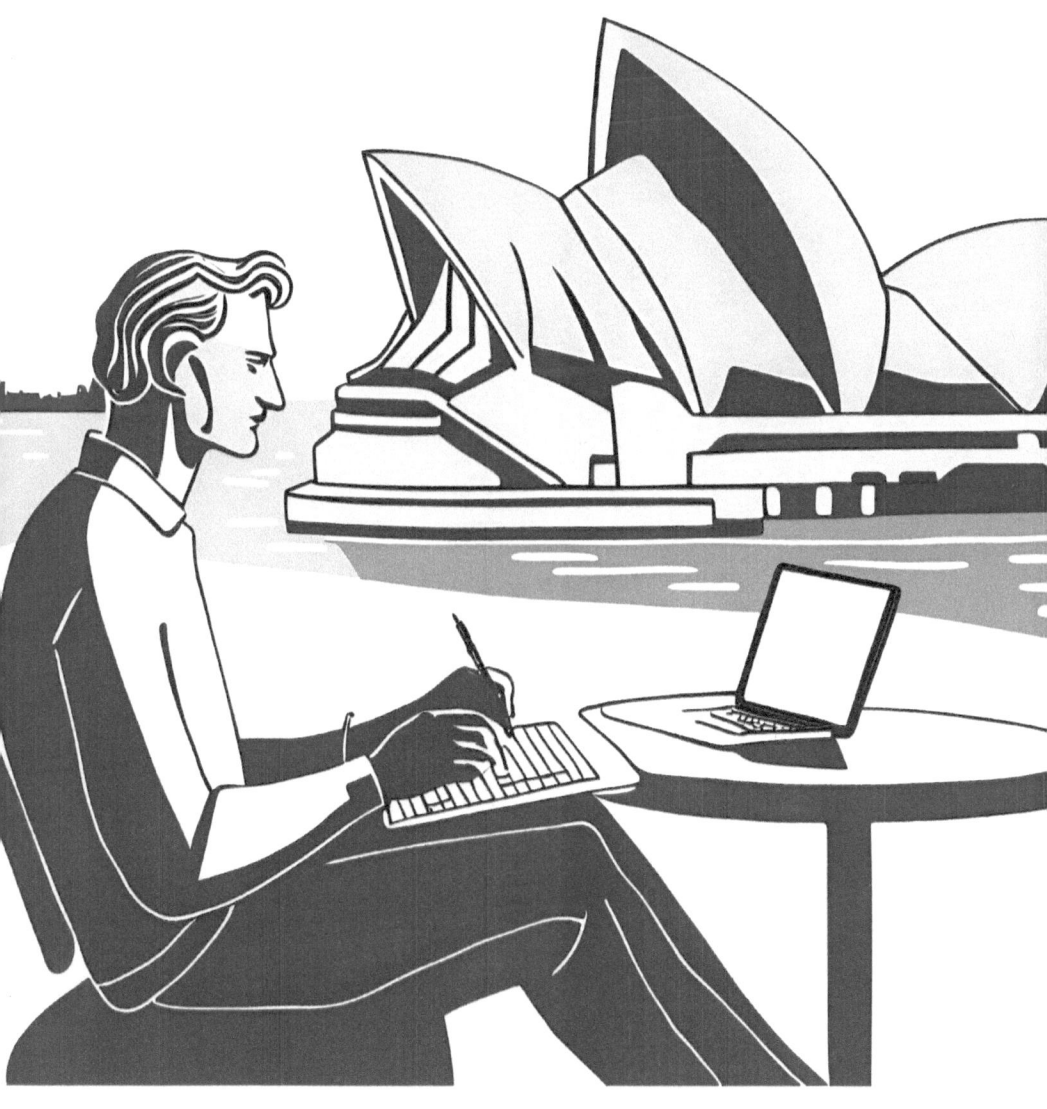

Mehviyat - Brijendra Kumar Singh

Mitthu..Image not generated by AI..

Mehviyat - Brijendra Kumar Singh

Mehviyat - Brijendra Kumar Singh

खुशी तो पंख फैला कर ही मिलती है..
दौड़ कितना भी लो.. उड़ान नहीं बनती है

Mehviyat - Brijendra Kumar Singh

Mehriyat - Brijendra Kumar Singh

Mehriyat - Brijendra Kumar Singh

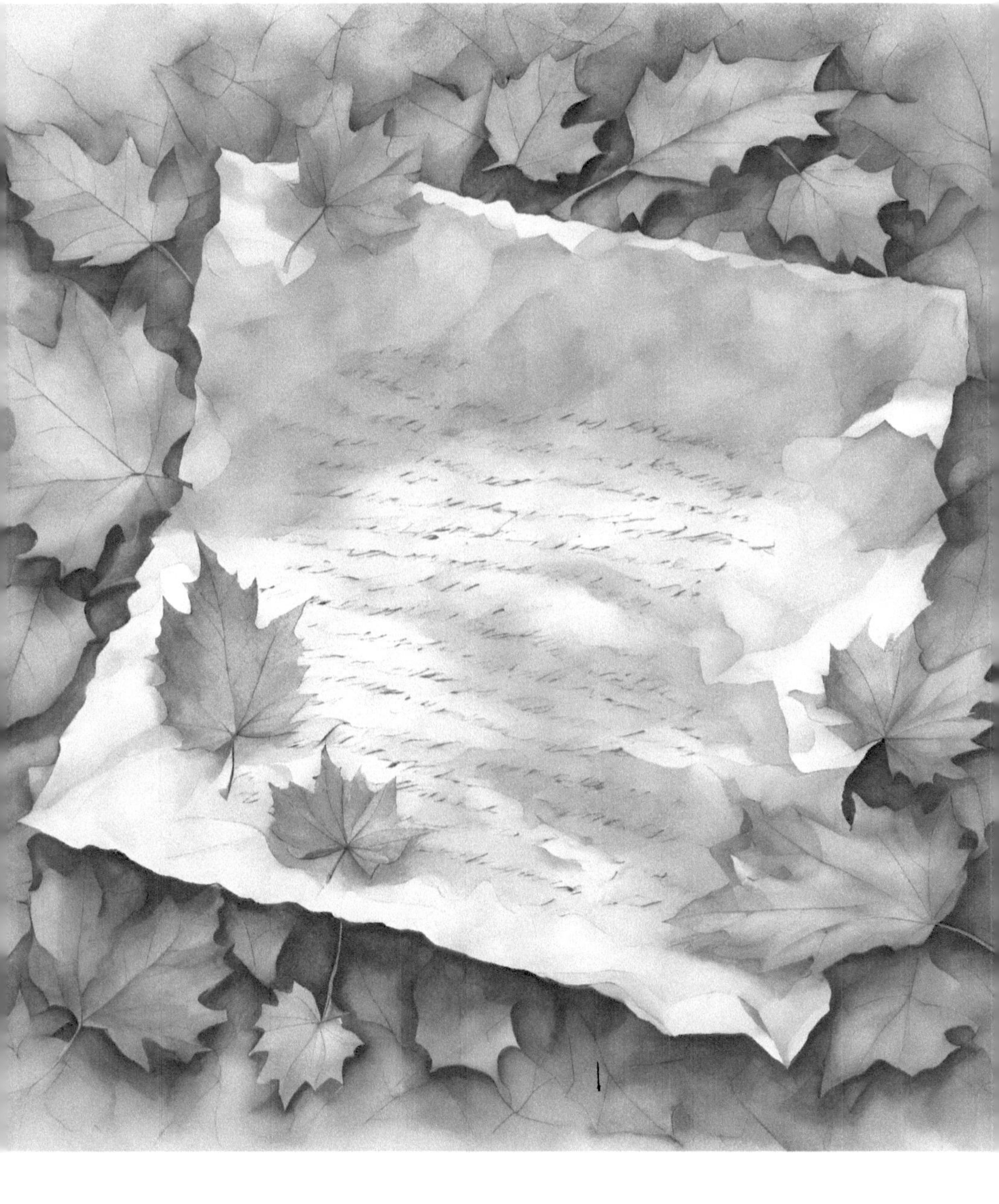

Mehviyat - Brijendra Kumar Singh

Mehviyat - Brijendra Kumar Singh

www.ingramcontent.com/pod-product-compliance
Lightning Source LLC
Chambersburg PA
CBHW030529030726
47495CB00004B/922